DU MÊME AUTEUR

QUARTIER PERDU

PATRICK MODIANO

QUARTIER PERDU

roman

GALLIMARD

Il a été tiré de l'édition originale de cet ouvrage vingt-deux exemplaires sur vergé blanc de Hollande van Gelder numérotés de 1 à 22 et trente-deux exemplaires sur vélin d'Arches Arjomari-Prioux numérotés de 23 à 54.

Pour Dominique

C'est étrange d'entendre parler français. À ma descente de l'avion, j'ai senti un léger pincement au cœur. Dans la file d'attente, devant les bureaux de la douane, je contemplais le passeport, qui est désormais le mien, vert pâle, orné de deux lions d'or, les emblèmes de mon pays d'adoption. Et j'ai pensé à celui, cartonné de bleu marine, que l'on m'avait délivré jadis, quand j'avais quatorze ans, au nom de la République française.

J'ai indiqué l'adresse de l'hôtel au chauffeur de taxi et je craignais qu'il n'engageât la conversation car j'avais perdu l'habitude de m'exprimer dans ma langue maternelle. Mais il est resté silencieux tout le long du trajet.

Nous sommes entrés dans Paris par la porte Champerret. Un dimanche, à deux heures de l'après-midi. Les avenues étaient désertes sous le soleil de juillet. Je me suis demandé si je ne traversais pas une ville fantôme après un bombardement et l'exode de ses habitants. Peut-être les façades des immeubles cachaient-elles des décombres ? Le taxi glissait de plus en plus vite comme si son moteur était éteint et que nous descendions en roue libre la pente du boulevard Malesherbes.

À l'hôtel, les fenêtres de ma chambre donnaient sur la rue de Castiglione. J'ai tiré les rideaux de velours et je me suis endormi. À mon réveil, il était neuf heures du soir.

J'ai dîné dans la salle à manger. Il faisait encore jour mais les appliques des murs diffusaient une lumière crue. Un couple d'Américains occupaient une table voisine de la mienne, elle, blonde avec des lunettes noires, lui, sanglé dans une sorte de smoking écossais. Il fumait un cigare et la sueur dégoulinait le long de ses tempes. J'avais très chaud moi aussi. Le maître d'hôtel m'a salué en anglais et je lui ai répondu dans la même langue. À son attitude protectrice, j'ai compris qu'il me prenait pour un Américain.

Dehors, la nuit était tombée, une nuit étouffante, sans un souffle d'air. Sous les arcades de la rue de Castiglione, je croisais des touristes, américains ou japonais. Plusieurs cars stationnaient devant les grilles du jardin des Tuileries, et sur le marchepied de l'un d'eux, un homme blond en costume de steward accueillait les passagers, micro à la main. Il parlait vite et fort, dans une langue gutturale et s'interrompait, d'un éclat de rire qui ressemblait à un hennissement. Il a fermé lui-même la portière et s'est assis à côté du chauffeur. Le car a filé en direction de la place de la Concorde, un car bleu clair au flanc duquel était écrit en lettres rouges : DE GROTE REISEN ANT-WERPEN.

Plus loin, place des Pyramides, d'autres cars. Un groupe de jeunes gens, sac de toile beige en bandoulière, étaient vautrés au pied de la statue de Jeanne d'Arc. Ils faisaient circuler entre eux des baguettes de pain et une bouteille de Coca-Cola dont ils versaient le contenu dans des gobelets en carton. À mon passage, l'un d'eux s'est levé et m'a demandé quelque chose en allemand. Comme je ne comprenais pas cette langue, j'ai haussé les épaules en signe d'impuissance.

Je me suis engagé dans l'avenue qui coupe le jardin jusqu'au pont Royal. Un car de police était à l'arrêt, feux éteints. On y poussait une ombre en costume de Peter Pan. Des hommes encore jeunes, qui portaient tous les cheveux courts et des moustaches, se croisaient, raides et lunaires, dans les allées et autour des bassins. Oui, ces lieux étaient fréquentés par le même genre de personnes qu'il y a vingt ans et pourtant la vespasienne, à gauche, du côté de l'arc de triomphe du Carrousel, derrière les massifs de buis, n'existait plus. J'étais arrivé sur le quai des Tuileries, mais je n'ai pas osé traverser la Seine et me promener seul sur la rive gauche, où j'avais passé mon enfance.

Je suis resté longtemps au bord du trottoir, à regarder le flot des voitures, le clignotement des feux rouges et des feux verts, et, de l'autre côté du fleuve, l'épave sombre de la gare d'Orsay. À mon retour, les arcades de la rue de Rivoli étaient désertes. Je n'avais jamais connu une telle chaleur la nuit, à Paris, et cela augmentait encore le sentiment d'irréalité que j'éprouvais au milieu de cette ville fantôme. Et si le fantôme, c'était moi ? Je cherchais quelque chose à quoi me raccrocher. L'ancienne parfumerie lambrissée de la place des Pyramides était devenue une agence de voyages. On avait reconstruit l'entrée et le hall du *Saint-James et d'Albany*. Mais, à part ça, rien n'avait changé. Rien. J'avais beau me le répéter à voix basse, je flottais dans cette ville. Elle n'était plus la mienne, elle se fermait à mon approche, comme la vitrine grillagée de la rue de Castiglione devant laquelle je m'étais arrêté et où je distinguais à peine mon reflet.

Des taxis attendaient, et j'ai voulu en prendre un pour faire une grande promenade à travers Paris et retrouver tous les lieux familiers. Une appréhension m'a saisi, celle d'un convalescent qui hésite à se livrer à des efforts trop violents les premiers jours.

Le concierge de l'hôtel m'a salué en anglais. Cette fois-ci, j'ai répondu en français et il en a paru surpris. Il m'a tendu la clé et une enveloppe bleu ciel.

— Un message téléphonique, monsieur...

J'ai ouvert les rideaux de velours et les deux battants de la porte-fenêtre. L'air était encore plus chaud dehors que dans la chambre. Si l'on se penchait au balcon on voyait, à gauche, la place Vendôme noyée de pénombre et tout au fond les lumières du boulevard des Capucines. De temps en temps un taxi s'arrêtait, les portières claquaient et des bribes de conversations en italien ou en anglais montaient jusqu'à moi. De nouveau, j'ai eu envie de sortir et de me promener, au hasard. À cette même heure quelqu'un arrivait à Paris pour la première fois et il était ému et intrigué de traverser ces rues et ces places, qui, à moi, ce soir, semblaient mortes.

J'ai déchiré l'enveloppe bleue du message. Yoko Tatsuké avait téléphoné à l'hôtel en mon absence et, si je voulais le joindre, il serait demain, toute la journée, au *Concorde-Lafayette* de la porte Maillot.

12

J'ai été soulagé qu'il me donne rendez-vous très tard pour le dîner, car la perspective de traverser Paris de jour, sous ce soleil de plomb, m'accablait. À la fin de l'après-midi j'ai fait quelques pas dehors mais sans quitter l'ombre des arcades. Rue de Rivoli, je suis entré dans une librairie anglaise. Au rayon « detective-stories », j'ai remarqué l'un de mes livres. Ainsi on trouvait à Paris la série des *Jarvis* d'Ambrose Guise. Et comme la photographie de l'auteur qui ornait la jaquette de ce livre était très sombre, je me suis dit que personne, ici, en France, parmi ceux qui m'avaient rencontré jadis, ne saurait jamais que cet Ambrose Guise c'était moi.

J'ai feuilleté le livre avec l'impression d'avoir abandonné Ambrose Guise de l'autre côté de la Manche. Vingt années de ma vie étaient, d'un seul coup, abolies. Ambrose Guise n'existait plus. J'étais revenu au point de départ, dans la poussière et la chaleur de Paris.

Au moment de rentrer à l'hôtel, une angoisse m'a contracté l'estomac : on ne revient jamais au point de départ. Quel témoin se souvenait encore de ma vie antérieure, du jeune homme qui errait à travers les rues de Paris et s'y confondait ? Qui aurait pu le reconnaître dans cet écrivain anglais en veste de toile beige : Ambrose Guise, l'auteur des *Jarvis* ? Je suis remonté dans ma chambre, j'ai tiré les rideaux et me suis allongé en travers du lit. J'ai feuilleté le journal que l'on avait glissé en mon absence sous la porte. Je n'avais pas lu le français depuis si longtemps que l'angoisse, de nouveau, m'a empoigné, une sorte de vacillement, comme de retrouver des traces de moi-même après une longue amnésie. Je suis tombé, par hasard, au bas d'une page, sur une rubrique où était

dressée la liste des promenades et conférences du lendemain :

La tour Eiffel. 15 h. Rendez-vous : pilier nord.

Curiosités et souterrain de la montagne Sainte-Gene-
viève. 15 h. Rendez-vous : métro Cardinal-Lemoine.

Le vieux Montmartre. 15 h. Rendez-vous : métro La-
marck-Caulaincourt.

Cent tombeaux divers à Passy. 14 h. Rendez-vous :
angle avenue Paul-Doumer et place du Trocadéro.

Jardins du vieux Vaugirard. 14 h 30. Rendez-vous : métro Vaugirard.

Hôtels du Marais nord. Rendez-vous : sortie du métro
Rambuteau. 14 h 30.

Aspects méconnus du canal de l'Ourcq : le pont
levant de la Villette et les entrepôts quai de la Loire.
15 h. Rendez-vous : angle rue de Crimée, quai de la
Loire.

Hôtels et jardins d'Auteuil. 15 h. Rendez-vous : métro
Michel-Ange-Auteuil.

Durée 1 h 45. (Présence du Passé.)

Demain, j'aurais toujours la ressource d'aller à l'un de
ces rendez-vous si je me sentais trop seul dans ce Paris
caniculaire. Mais c'était l'heure de rejoindre Tatsuké. Il
faisait nuit. Le taxi remontait les Champs-Élysées. J'aurais dû suivre le chemin à pied, me mêler à la foule des
promeneurs et entrer au *Café des Sports* de l'avenue de la
Grande-Armée où je me serais laissé bercer par les
conversations des lads et des mécanos. J'aurais repris peu
à peu contact avec Paris. Mais à quoi bon ? Il fallait désormais considérer cette ville comme n'importe quelle autre
ville étrangère. La seule raison de ma présence ici était le

rendez-vous que m'avait fixé un Japonais. Et de toute manière, je venais de m'apercevoir, à l'instant où le taxi s'engageait boulevard Gouvion-Saint-Cyr, que le *Café des Sports* n'existait plus. On avait construit à son emplacement un immeuble en verre bleuté.

À la réception du *Concorde* j'ai demandé M. Yoko Tatsuké. Il m'attendait au « restaurant » du dix-septième étage. L'ascenseur glissait dans un silence d'ouate. Un hall tendu d'une moquette orange. Une inscription en lettres d'or courait sur le mur d'acier : « PIZZERIA PANORAMIQUE FLAMINIO », et une flèche indiquait la direction à prendre. Des haut-parleurs invisibles diffusaient une musique d'aéroport. Le garçon en veste bordeaux m'a indiqué une table, au fond, près de la baie vitrée.

Je me trouvais en présence d'un Japonais distingué au costume gris. Il s'est levé et m'a salué en hochant la tête. Il portait de temps en temps un fume-cigarette à ses lèvres et m'observait avec un sourire dont je me demandais s'il était ironique ou amical. La musique d'aéroport jouait en sourdine.

— Mr. Tatsuké, I presume ? lui ai-je dit.

— Pleased to meet you, Mr. Guise.

Le garçon est venu nous apporter la carte et Tatsuké lui-même a fait la commande dans un français très pur :

— Deux salades Flaminio, deux pizza siciliennes et une bouteille de chianti. Les salades Flaminio bien assaisonnées, n'est-ce pas ?

Puis se tournant vers moi, il m'a dit :

— You can trust me.. It's the best pizzeria in Paris... I am fed up with french cooking... I'd like something dif-

15

ferent for a change... You would surely prefer a french restaurant ?

— Not at all.

— Yes... I was wrong... I should have taken you to a french restaurant... You probably are not used to french restaurants...

Il avait prononcé cette dernière phrase sur un ton de supériorité et de lassitude, comme s'il s'adressait à un vulgaire touriste auquel il aurait dû montrer « Paris By Night ».

— Ne vous inquiétez pas, mon vieux, j'aime bien les pizzas, lui ai-je dit brutalement, en français, et j'avais retrouvé, intact, après tant d'années, l'accent de mon village natal : Boulogne-Billancourt.

Le fume-cigarette lui a glissé des mains et le bout incandescent commençait à brûler la nappe, mais il ne s'en apercevait pas tant il avait été surpris de m'entendre.

— Tenez, mon vieux, avant que ça crame, lui ai-je dit, en lui tendant le fume-cigarette.

Cette fois-ci, je discernais une ombre d'inquiétude dans son regard.

— Vous... vous parlez très bien français...

— Mais vous aussi...

Je lui ai souri, gentiment. Il a paru flatté et s'est détendu peu à peu.

— J'ai travaillé pendant cinq ans, en France, dans une agence de presse, m'a-t-il dit. Et vous ?

— Oh, moi...

Les mots ne venaient pas et il a respecté mon silence. On nous servait les salades Flaminio.

— You like it ? m'a-t-il demandé.

— Beaucoup. Cela me ferait plaisir si nous continuions à parler français.

— Comme vous voulez.

Apparemment, il était décontenancé que je sache si bien parler français.

— Vous avez eu une bonne idée de me donner rendez-vous à Paris, lui ai-je dit.

— Ce n'était pas trop compliqué pour vous ?

— Pas du tout.

— Ma maison d'édition m'envoie souvent à Paris. Nous traduisons beaucoup de livres français.

— Je vous remercie de pouvoir parler français avec vous.

Il s'est penché vers moi et m'a dit d'une voix douce :

— Mais enfin, monsieur Guise, c'est la moindre des choses... Le français est une si belle langue...

La musique s'était tue. Autour d'une grande table, près de l'entrée du restaurant, un groupe de Japonais, debout, portaient un toast en levant par saccades successives leurs coupes de champagne. Avec leurs lunettes, leurs corps trapus et leurs cheveux ras, ils semblaient appartenir à une autre race que celle de Tatsuké.

— Les Japonais ont un faible pour Paris, m'a-t-il dit pensif, en tapotant son fume-cigarette contre le bord du cendrier. Figurez-vous, monsieur Guise, qu'à l'époque où je vivais ici, j'ai été marié à une charmante Parisienne. Elle tenait un institut de beauté... Malheureusement, quand j'ai dû retourner au Japon, elle n'a pas voulu me suivre... Je ne l'ai plus revue. Elle se trouve encore quelque part là-dedans, au milieu de toutes ces lumières...

17

Il penchait la tête et regardait, à travers la baie vitrée, Paris dont nous dominions presque toute la rive droite : à proximité de nous était fixée à un trépied une longue-vue comme on en trouve dans les lieux touristiques mais il n'était pas besoin d'y glisser une pièce de monnaie. Tatsuké y colla son œil et la fit tourner sur son pivot. Il effectuait de larges mouvements panoramiques, ou bien déplaçait l'objectif millimètre par millimètre, ou bien le tenait immobile un long moment, sur un point précis. Que cherchait-il ? Sa femme ? Moi, je n'avais pas besoin de cet appareil. Il suffisait de quelques points de repère : la tour Eiffel, le Sacré-Cœur, la Seine, pour que défilent l'enchevêtrement des rues et les façades familières.

— Tenez, monsieur Guise...

Il poussa le trépied vers moi. À mon tour je collai mon œil à l'objectif. Jamais je n'avais eu l'occasion de manier une longue-vue aussi puissante. Je m'attardais sur un café de la place Pereire et distinguais les têtes de tous les clients assis aux tables de la terrasse et même la silhouette d'un chien en faction au bord du trottoir. Je glissais dans la trouée de l'avenue de Wagram. Peut-être pouvais-je apercevoir le toit à pergola de l'hôtel de la rue Troyon où j'avais vécu. Mais non. À partir de la place des Ternes, jusqu'à l'Étoile, l'avenue de Wagram scintillait si fort que, par contraste, ses alentours étaient noyés dans un black-out.

— Avec cette longue-vue, on se promènerait des heures dans Paris. N'est-ce pas, monsieur Guise ?

Nous étions seuls, désormais, dans la salle de restaurant. J'avais repoussé la longue-vue et contemplais Paris derrière la baie vitrée. Cette ville me paraissait soudain aussi lointaine qu'une planète scrutée d'un observatoire. En bas, c'étaient les lumières, le vacarme, la nuit étouffante de juillet, alors qu'ici, la trop grande fraîcheur de l'air climatisé me faisait claquer des dents et qu'il régnait une demi-pénombre et un silence que troublait à peine le tapotement du fume-cigarette de Tatsuké contre le cendrier.

— Mesdames et messieurs, nous sommes en train de survoler Paris...

Il avait imité la voix d'un steward de compagnie aérienne, mais son visage était empreint d'une expression de tristesse qui me surprit.

— Maintenant, il faut que nous parlions affaires, monsieur Guise...

D'une serviette de cuir, au pied de son fauteuil, il sortit plusieurs feuillets.

— Voici les contrats que vous devez signer... Texte japonais et traduction anglaise... Mais vous êtes déjà au courant de tout cela... Vous pouvez signer les yeux fermés...

Il s'agissait de trois choses différentes : l'achat des droits des *Jarvis* pour une série de romans-photos et un feuilleton télévisé ; enfin, la commercialisation de certains épisodes des *Jarvis* sous forme de jouets, de costumes et d'accessoires divers pour la chaîne des prisunics « Kimihira » de Tokyo.

— J'avoue, monsieur Guise, que je ne comprends pas très bien l'engouement de mes compatriotes japonais pour vos livres...

— Moi non plus.

19

Il me glissa entre les doigts un stylo de platine. Je paraphai chaque page des contrats. Puis il me tendit un chèque bleu pâle aux caractères gothiques roses.

— Voilà, me dit-il. Pour ces trois opérations, j'ai pu obtenir quatre-vingt mille livres d'à-valoir.

Je pliai distraitement le chèque en deux. Il enfouit les contrats dans sa serviette dont il referma la fermeture Éclair d'un mouvement sec.

— Tout est réglé, monsieur Guise... Vous êtes content ?

— Vous considérez que je fais de la très mauvaise littérature, je suppose ?

— Ce n'est pas de la littérature, monsieur Guise. C'est autre chose.

— Je suis tout à fait de votre avis.

— Vraiment ?

— Quand j'ai commencé il y a vingt ans à écrire la série des *Jarvis*, il ne s'agissait pas pour moi de faire de la bonne ou de la mauvaise littérature, mais de faire tout simplement quelque chose. Le temps pressait.

— Il n'y a rien de déshonorant à cela, monsieur Guise. Vous marchez sur les traces de Peter Cheyney et de Ian Fleming.

Il me présenta une boîte à cigarettes en or dont le fermoir était incrusté de brillants.

— Non merci. Je ne fume plus depuis que j'ai commencé à écrire.

— Mais pourquoi parlez-vous si bien français ?

— Je suis né en France et j'y ai vécu jusqu'à l'âge de vingt ans. Ensuite, j'ai quitté la France et j'ai commencé à écrire en anglais.

— Et ce n'était pas trop difficile pour vous d'écrire en anglais ?

— Non. Je connaissais bien l'anglais. Ma mère était anglaise. Elle vivait depuis longtemps à Paris. Elle avait été girl dans différents music-halls.

— Votre mère était... girl ?

— Oui. Elle était même l'une des plus jolies girls de Paris...

Il fixait son regard sur moi, un regard empreint d'inquiétude et de pitié.

— Je suis très heureux que vous m'ayez donné rendez-vous dans ma ville natale, lui ai-je dit.

— Il aurait été plus simple que je vous envoie les contrats et le chèque à Londres par la poste...

— Non, non... Il fallait bien que je trouve un prétexte pour revenir à Paris... Cela faisait vingt ans que je n'avais pas mis les pieds à Paris...

— Mais pour quelle raison avez-vous quitté la France ?

J'ai cherché une maxime, une formule d'ordre général qui me permettrait d'éluder la question.

— La vie est une succession de cycles... Et de temps en temps, on revient à la case « départ ». Depuis que je suis à Paris, j'ai l'impression qu'Ambrose Guise n'existe plus.

— Vous avez encore de la famille à Paris ?

— Plus personne.

Il a hésité un instant, comme s'il craignait de dire une bêtise.

— En somme, vous vouliez faire un pèlerinage ?...

Il avait prononcé cette phrase sur un ton cérémonieux et je me demandai s'il ne se moquait pas gentiment de moi.

21

— Cela pourrait fournir la matière d'un livre de souvenirs, lui ai-je dit. Un livre qui s'appellerait : « Jarvis à Paris. »

— Ce serait votre *Jarvis* numéro combien ?

— Mon neuvième.

— J'ignore s'il intéresserait mes compatriotes japonais autant que les autres *Jarvis* mais vous devriez l'écrire. Personnellement, j'ai toujours aimé les autobiographies.

— Il s'agirait d'une sorte de portrait de l'artiste par lui-même, ai-je dit en tâchant de garder mon sérieux.

— Très intéressant, monsieur Guise.

— Si j'écrivais ce livre, ce serait en français, bien entendu.

— Alors, croyez que je serais l'un de vos lecteurs les plus attentifs, m'a-t-il dit en inclinant légèrement la tête avec une élégance sèche de samouraï.

Il a regardé son bracelet-montre.

— Minuit... Je vais être obligé de vous quitter... Il faut encore que je rédige un rapport pour ma maison d'édition... Et je dois prendre l'avion demain à sept heures du matin pour Tokyo...

Nous avons traversé la salle de restaurant vide. Nos pas s'enfonçaient dans la moquette.

— Je vous accompagne, m'a dit Tatsuké.

L'ascenseur s'arrêtait à chaque étage, les deux battants s'ouvraient sur le même palier et le même couloir interminable. Alors, Tatsuké pressait le bouton du rez-de-chaussée, craignant sans doute que nous ne remontions aux étages supérieurs et glissions de haut en bas, jusqu'à la fin des temps. Mais il avait beau presser ce bouton, l'ascenseur restait immobile quelques minutes encore dans l'attente de clients qui ne venaient jamais. Et chaque fois le couloir désert s'enfonçait devant nous à perte de vue avec sa moquette orange, ses murs d'acier satiné, les portes des chambres en laque noire...

Au rez-de-chaussée, sur les banquettes du hall, deux groupes de touristes étaient assis : une vingtaine d'Allemandes d'une quarantaine d'années et le même nombre de Japonais, des hommes du même âge, vêtus de costumes sombres. Ils s'observaient les uns les autres en chiens de faïence et portaient chacun à leur cou, comme des laisses, un carton où étaient imprimées en rouge les lettres : R.M.

— Vous savez ce que R.M. veut dire ? me demanda Tatsuké. « Rencontres mondiales »... C'est un organisme touristique qui se charge de faire se rencontrer des groupes de touristes à Paris, dans cet hôtel, au mois de juillet... Un nombre toujours égal d'hommes et de femmes...

Il m'avait pris le bras.

— Chaque soir, deux nouveaux groupes arrivent ici, dans le hall... Hommes et femmes... D'abord ils s'observent... Et puis peu à peu, la glace se brise... Ils forment des couples... Regardez... Ils ont toute la nuit pour lier connaissance. J'ai assisté à des scènes très curieuses au bar... Une forme de tourisme originale, vous ne trouvez pas ?

L'un des Japonais quittait son groupe et se dirigeait cérémonieusement vers celui des Allemandes, comme s'il était chargé par les autres d'une mission de plénipotentiaire. À son tour l'une des Allemandes s'avançait vers lui.

— Vous voyez ? Le processus est enclenché... Chaque homme possède la photo de sa future compagne... et réci-

23

proquement... Tout à l'heure, ils vont se mélanger les uns aux autres. Et avec leurs photos à la main, tâcher de se reconnaître... Il se passe des choses étranges, au mois de juillet, à Paris, non ?

Il me serrait le bras en me guidant vers la sortie de l'hôtel.

— Vous comptez rester quelques jours ici ? m'a-t-il dit.

— Je ne sais plus... Il fait trop chaud et j'ai l'impression d'être un touriste parmi les autres...

Brusquement, j'avais peur d'être seul et je n'osais pas lui demander de prendre un dernier verre avec moi.

— Si ce retour à Paris peut vous inspirer, tant mieux... Votre idée d'écrire des souvenirs me plaît beaucoup...

— Je vais essayer, lui ai-je dit d'une voix blanche.

À la sortie de l'hôtel, la chaleur m'a paru encore plus étouffante. Je serais volontiers resté quelque temps encore dans la fraîcheur de l'air conditionné. Je pouvais à peine respirer.

— Le problème, lui ai-je dit, c'est que je ne connais plus personne ici.

— Je comprends votre état d'esprit... Moi aussi, depuis que ma femme m'a quitté, j'ai l'impression que Paris n'est plus la même ville que celle où j'ai vécu...

Une rangée de taxis attendait devant l'hôtel. La perspective d'entrer, seul, dans l'un d'eux et de retrouver ma chambre, rue de Castiglione, m'accablait autant que la chaleur.

— Vous feriez peut-être mieux de prendre l'avion demain matin... Comme moi... C'est idiot de faire des pèlerinages dans les lieux où l'on a vécu... Moi, par exemple,

24

j'évite toujours la rue des Mathurins où ma femme tenait son institut de beauté... Vous comprenez ?

Il ouvrit la portière d'un taxi et m'y poussa d'une légère pression de la main contre mon épaule. Je me laissai tomber sur la banquette.

— Je suis content de vous avoir remis en main propre vos contrats... Mais quittez Paris le plus vite possible... Je crois vraiment que c'est malsain pour vous de rester là... Ecrivez un nouveau *Jarvis*... Je vous fais confiance, monsieur Guise...

Il ferma la portière. Le taxi s'arrêta au feu rouge et je contemplai Tatsuké à travers la vitre. Il se tenait au bord du trottoir, très droit, une main dans la poche de sa veste, le visage impassible. Quelle chose étrange de me retrouver après vingt ans dans cette ville, seul, par une nuit torride de juillet et sans pouvoir détacher mon regard d'un Japonais en costume clair.

À la réception de l'hôtel, le concierge m'a présenté la clé de ma chambre avec un sourire.

— Did you have a nice time, sir ?

— Vous pouvez me parler français.

Un instant, il a paru étonné, mais son sourire est revenu. Sans doute me prenait-il pour un Belge ou un Suisse.

— Vous êtes seul à Paris ?

— Oui.

— Alors dans ce cas. .. Cela vous intéressera peut-être...

25

Il me tendit une carte rouge, au format un peu plus grand que celui d'une carte de visite.

— Si les plaisirs de Paris la nuit vous tentent...

Il m'enveloppait d'un sourire de connivence et me glissa la carte dans l'une des poches de ma veste.

— Il suffit de téléphoner, monsieur...

Dans l'ascenseur, j'ai sorti la carte rouge de ma poche. Il y était écrit en caractères noirs :

Hayward.

Sté Location automobiles de luxe — auto grande remise avec chauffeur.

Itinéraires touristiques. Paris by Night.

2, avenue Rodin (XVIe). TR0. 46-26

Aussi curieux que cela paraisse, le nom : Hayward, n'a pas attiré mon attention tout de suite. J'ai ouvert les deux battants de la fenêtre et j'ai décidé de téléphoner à ma femme. Il n'était pas encore une heure du matin, et elle s'endormait toujours très tard. C'est Bristow qui m'a répondu.

— Madame n'est pas encore rentrée. Elle est allée au théâtre avec des amis.

— Je ne vous ai pas réveillé ?

— Non, Monsieur. Je faisais une partie d'échecs avec Miss Mynott. Voulez-vous parler à Miss Mynott pour qu'elle vous donne des nouvelles des enfants ?

— Je suppose qu'ils dorment.

— Ils dorment, Monsieur, mais ils ont regardé la télévision jusqu'à neuf heures et demie et nous avons eu la faiblesse, Miss Mynott et moi, de... Il s'agissait d'un film de Walt Disney, Monsieur. Est-ce que je dois dire à Madame de vous rappeler cette nuit ?

26

— Non. Je lui téléphonerai demain. J'espère qu'il ne fait pas aussi chaud à Londres qu'à Paris...

— Il fait un temps tout à fait supportable ici.

— Tant mieux.

— Je viendrai vous chercher mercredi matin à Heathrow, Monsieur ?

— Non, je resterai quelques jours de plus à Paris.

— Très bien, Monsieur.

— Bonne partie d'échecs, Bristow.

— Merci, Monsieur.

Avant d'enlever ma veste, j'ai vidé mes poches. Passeport, pièces de monnaie, agenda... J'ai déplié le chèque de Tatsuké. Le chiffre de quatre-vingt mille livres, les caractères gothiques roses sur fond bleu clair m'ont paru aussi irréels que la voix de Bristow au téléphone. Et pourtant, depuis vingt ans, depuis que j'avais quitté Paris sans penser y revenir jamais, tout était devenu si cohérent, si solide, si lumineux dans ma vie... Plus aucune zone d'ombre, plus de sables mouvants... La série des *Jarvis* que j'avais commencé à écrire dès mon arrivée à Londres, dans une triste petite chambre d'Hammersmith, avait fait de moi, aujourd'hui, à trente-neuf ans, « un nouveau Ian Fleming », comme me l'avait dit Tatsuké. Tout contribuait à mon bonheur : une femme dont le charme et la beauté étaient si frappants que mon éditeur avait voulu que sa photographie ornât la couverture du premier *Jarvis*. Et cette photographie suggestive avait favorisé le succès du livre... Trois enfants adorables dont le seul défaut était de vouloir regarder la télévision ; une maison à Londres sous les ombrages de Rutland Gate ; un chalet à Klosters ; et ce vieux rêve que j'avais réalisé l'année dernière : racheter la villa de Monaco qui avait appartenu à la baronne Orczy dont je lisais et relisais les ouvrages du temps besogneux d'Hammersmith pour me familiariser avec la langue anglaise et puiser dans les aventures du *Mouron rouge* l'élan et la volonté d'écrire mes *Jarvis* ; Chère Baronne, ma marraine littéraire en quelque sorte, à laquelle j'avais succédé 19, avenue de la Costa, Monte-Carlo...

Je me suis allongé sur le lit. À cause de la chaleur, il fallait éviter de faire le moindre geste, mais j'ai tendu le bras vers la table de nuit en direction de mon vieux cahier. Je l'ai posé près de l'oreiller. Je n'avais pas vraiment envie de le consulter. Couverture verte, bords usés, spirales, triangle dans le coin gauche, au sommet duquel était écrit « Clairefontaine ». Un simple cahier d'écolier que j'avais acheté un jour dans une papeterie de l'avenue de Wagram et sur lequel j'avais noté des adresses, des numéros de téléphone, quelquefois des rendez-vous : l'un des seuls vestiges de ma vie antérieure à Paris, avec mon passeport français périmé et un porte-cigarettes en cuir, inutile aujourd'hui puisque je ne fumais plus.

Je pouvais déchirer ce cahier, page après page, mais il était inutile que je me donne cette peine : les numéros de téléphone qu'il contenait ne répondaient plus depuis longtemps. Alors pourquoi rester à Paris, sur le lit d'une chambre d'hôtel, en essuyant du poignet de ma chemise la sueur qui dégoulinait de mon menton dans mon cou ? Il suffisait de prendre le premier avion du matin et de retrouver la fraîcheur de Rutland Gate...

J'ai éteint la lampe de chevet. La fenêtre était ouverte, et dans la lumière bleue et phosphorescente de la rue de

Castiglione tous les objets de la chambre se détachaient nettement : armoire à glace, fauteuil de velours, table circulaire, appliques des murs. Un reflet en forme de treillage courait au plafond.

Immobile, les yeux grands ouverts, je me dépouillais peu à peu de cette carapace épaisse d'écrivain anglais sous laquelle je me dissimulais depuis vingt ans. Ne pas bouger. Attendre que la descente à travers le temps soit achevée, comme si l'on avait sauté en parachute. Reprendre pied dans le Paris d'autrefois. Visiter les ruines et tenter d'y découvrir une trace de soi. Essayer de résoudre toutes les questions qui sont demeurées en suspens.

J'écoutais claquer les portières, les voix et les rires monter de la rue, les pas résonner sous les arcades. Le cahier faisait une tache claire à côté de moi et, tout à l'heure, je le feuilletterais. Une liste de fantômes. Oui, mais qui sait ? Quelques-uns hantaient encore cette ville écrasée de chaleur.

Sur ma table de nuit la carte rouge que m'avait donnée le concierge. Ce nom inscrit en caractères noirs : Hayward m'évoquait quelque chose. Mais oui. Hayward...

Plié en quatre, entre la couverture et la première page du cahier, une lettre que m'avait adressée Rocroy, il y a dix ans, par l'intermédiaire de mon éditeur. Je ne l'avais pas relue depuis cette époque :

Cher ami. Je suis un grand consommateur de romans policiers français, anglais et américains, vous devez vous en souvenir, et l'autre soir j'ai acheté un ouvrage de ce genre : *Jarvis who loves me*, à cause de la couverture qui représentait une délicieuse femme brune. Quelle n'a pas été ma surprise, quand j'ai vu, au dos du livre, la photographie de l'auteur, Ambrose Guise... Je vous félicite. Vous êtes un ingrat. J'aurais aimé recevoir un exemplaire dédicacé mais je comprends que vous ne vouliez plus rien avoir à faire avec celui que j'ai connu à Paris et qui était pourtant un si brave garçon... Comptez sur ma discrétion, Jean Dekker n'existe plus, et je n'ai pas l'honneur de connaître Ambrose Guise. Pour vous rassurer entièrement, je ne cherche jamais à rencontrer les écrivains ; il me suffit de les lire et j'attends avec impatience votre prochain ouvrage. Jusqu'à présent, tout le monde ici ignore que vous êtes devenu Ambrose Guise, et puis, comme le dit un moraliste français, « nous vivons souvent à la merci de certains silences ». Comptez sur le mien.

Vous restez d'un bout à l'autre de votre livre dans le registre « policier », mais l'on sent, à certains passages, que si vous vous donniez un peu plus de mal, vous pourriez vraiment faire œuvre littéraire. En tout cas, vous avez la gentillesse d'aider de pauvres gens comme moi à passer leurs nuits d'insomnie, et c'est déjà beaucoup.

J'ai l'impression que vous vous êtes servi de votre propre expérience pour décrire le monde interlope où navigue votre héros. Ainsi ce personnage d'avocat suicidaire dont la garde-robe se compose de deux sortes de costumes : les bleu marine et les flanelle grise et qui reçoit ses clients allongé... J'ignorais que ces détails vous avaient autant frappé chez moi. Je suis comme la plupart des gens qui ont croisé dans leur vie un écrivain : ils croient ensuite se reconnaître dans ses livres, les présomptueux...

Il vous est indifférent, sans doute — et même pénible —, que je vous donne des nouvelles de Paris et des personnes que vous avez fréquentées ici avant de devenir Ambrose Guise. Ne vous inquiétez pas : tous ces gens qui ont été les témoins de vos débuts dans la vie vont peu à peu disparaître. Vous les avez connus très jeune, quand c'était déjà le crépuscule pour eux.

Je n'ai pas encore décidé de me supprimer — comme l'avocat de votre livre, mais si l'envie m'en prend, vous serez le premier informé.

En attendant, je souhaite à Ambrose Guise tous les succès et tous les bonheurs.

Rocroy

Mais il ne m'avait informé de rien. Cinq ans plus tard, à Londres, chez le marchand de journaux proche de Montpelier Square, où je ne pouvais m'empêcher de jeter un œil sur les magazines français, j'avais lu cet article d'un quotidien du soir que je retrouve dans l'enveloppe de la lettre :

Un ancien avocat à la cour de Paris, Me Daniel de Rocroy, s'est donné la mort hier soir à son domicile parisien. Me Daniel de Rocroy avait fait ses débuts d'avocat à Paris avant la guerre et avait été président de la conférence du stage. Civiliste réputé, il avait plaidé dans de grandes affaires. En 1969, Me de Rocroy fut radié pour trois mois du barreau de Paris : on lui reprochait alors d'outrepasser les règles de sa profession. À cette sentence du conseil de l'ordre, Mᵉ de Rocroy avait répondu par une lettre de démission dont les termes étaient tels que la suspension provisoire fut changée en radiation à vie.

Dans les années cinquante, Daniel de Rocroy avait la réputation d'être un « bohème du barreau », aimant la vie nocturne et fréquentant les milieux les plus divers.

À l'aube, je suis sorti de l'hôtel. L'air était moins étouffant que la veille et j'ai même cru sentir la caresse d'une brise, en marchant sous les arcades, jusqu'à la place de la Concorde. Je suis resté immobile à contempler la place et les Champs-Elysées déserts. Au bout d'un moment, j'ai distingué une tache blanche qui descendait l'avenue en son milieu : un cycliste. Il avait lâché son guidon et portait une tenue de tennis. Il a traversé la place sans me voir, puis a disparu sur le quai, de l'autre côté du pont. Nous étions, lui et moi, les deux derniers habitants de cette ville.

Par la grille entrouverte, je me suis glissé dans le jardin des Tuileries et j'ai attendu sur un banc, en bordure de la grande allée, que le jour se soit tout à fait levé. Personne. Sauf les statues. Pas d'autre bruit que celui du jet d'eau du bassin et le piaillement des oiseaux au-dessus de moi, dans les feuillages des marronniers. Là-bas, émergeant de la brume de chaleur, le kiosque de bois vert, où j'achetais des sucreries du temps de mon enfance, était fermé, peut-être définitivement.

Je ne pouvais m'empêcher de penser à Daniel de Rocroy. Je n'avais jamais répondu à sa lettre, tant me paraissait lointain, déjà, à cette époque, tout ce qui avait été ma vie à Paris. De cette vie, de ces gens que j'avais connus, je ne voulais plus me souvenir. La mort même de Rocroy m'avait laissé indifférent. Et maintenant, avec cinq ans de retard, elle me causait une douleur et un regret comme de quelque chose qui n'avait pas trouvé de réponse. Il aurait été le seul, sans doute, à éclaircir certaines zones d'ombre. Pourquoi ne lui avais-je pas posé à temps toutes les questions que je n'avais cessé de me poser à moi-même ?

Un jardinier plaçait un tourniquet d'arrosage au milieu de la pelouse ; un jardinier noir en chemise kaki et pantalon de toile bleue. Il a mis en marche le tourniquet qui allait de gauche à droite en aspergeant la pelouse puis revenait au point de départ, d'une secousse nerveuse.

Ce jardinier avait une soixantaine d'années : ses cheveux argentés tranchaient sur sa peau noire. Plus je l'observais, plus je me persuadais qu'il était le même homme que celui dont je gardais le souvenir : un jardinier, noir lui aussi, qui tondait une pelouse, là-bas, à droite, près du premier grand bassin quand vous entrez aux Tuileries par l'avenue du Général-Lemonnier. C'était un matin de mon enfance, dans les jardins déserts et ensoleillés, comme aujourd'hui. J'entendais le ronronnement de la tondeuse et je sentais l'odeur de l'herbe. Le théâtre de verdure existait-il encore de l'autre côté de la grande allée, dans cette partie ombragée du jardin où les arbres forment une futaie ? Et le lion en bronze ? Et les chevaux de bois ? Et le buste de Waldeck-Rousseau sous son portique ? Et la balance verte, à l'entrée de la terrasse qui surplombe la Seine ?

Je me suis assis à l'une des tables de la buvette entre le

guignol et le manège. Il faisait si chaud que j'ai hésité longtemps, à l'ombre des marronniers, avant de marcher en plein soleil jusqu'à l'escalier et la grille de la rue de Rivoli. Je foulais le sable brûlant d'un désert. J'ai été soulagé de me retrouver sous la fraîcheur des arcades.

J'ai demandé un annuaire au concierge de l'hôtel. Dans ma chambre, j'ai tiré de nouveau les rideaux pour me protéger du soleil, et j'ai allumé la lampe de chevet. Rocroy figurait encore à son adresse du 45, rue de Courcelles, mais à son nom était joint celui de Wattier : de Rocroy-Wattier, 227-34-11. Je n'avais jamais su exactement si Ghita Wattier était la secrétaire ou l'associée de Rocroy ou si des liens plus intimes les unissaient. Sa femme ? Avec Rocroy, tout était possible.

J'ai composé 227-34-11 d'un index tremblant. Les sonneries se succédaient et au bout de quelques minutes on a fini par décrocher. Un silence.

— Allô ?... Pourrais-je parler à... Ghita Wattier ? ai-je bredouillé.

— C'est elle-même.

Je reconnaissais bien sa voix rauque. J'ai respiré un grand coup.

— Jean Dekker à l'appareil... Mais peut-être m'avez-vous oublié ?

Je ne m'étais pas présenté sous mon véritable nom depuis si longtemps que j'avais l'impression qu'il appartenait à un autre.

— Jean Dekker ?... Vous voulez dire : Ambrose Guise ?

Elle avait prononcé cette phrase sur un ton à la fois surpris et amusé.

— Oui... Ambrose Guise...

— Vous êtes à Paris ?

— Oui... Et j'aimerais beaucoup vous voir...

Un silence.

— Me voir ? Mais vous allez me trouver changée...

— Mais non...

— J'ai lu vos livres, vous savez... de Rocroy les aimait beaucoup...

Toujours, je l'avais entendue l'appeler : de Rocroy.

— Il m'a écrit il y a longtemps, lui ai-je dit.

— Je sais.

De nouveau, un silence.

— Alors, vous voulez vraiment me voir ?

— Vraiment.

— Eh bien, venez aujourd'hui si vous pouvez. Je reste toute la journée ici. À quelle heure cela vous arrangerait-il ?

— Cet après-midi ?

— Cet après-midi ? Très bien. À n'importe quelle heure... Je vous attends.

— Vers cinq heures ? Je suis vraiment heureux de vous revoir.

— Moi aussi, Jean... ou plutôt, monsieur Ambrose Guise.

Me trompais-je, ou bien y avait-il quelque chose d'affectueux dans sa voix ?

J'ai préféré prendre le métro, à cause du soleil. J'ai été un peu décontenancé par les poinçonneuses automatiques mais, à l'exemple des autres voyageurs, j'ai glissé mon ticket dans la fente.

L'odeur des couloirs était la même qu'il y a vingt ans. La rame glissait en silence. Plus de bruit cadencé, plus de ces cahots qui vous faisaient cogner l'épaule contre les vitres. L'aspect de la plupart des stations avait changé. Et pourtant, certaines, comme si elles avaient été oubliées, conservaient leurs petits carreaux d'émail, les cadres dorés et ouvragés de leurs panneaux publicitaires, leurs bancs étroits couleur lie-de-vin. Peut-être que ceux qui attendaient là sur ces bancs n'avaient pas bougé depuis vingt ans. Mais à la station suivante, j'étais de retour dans le présent.

J'ai monté à pied la pente de la rue de Courcelles, du côté de l'ombre, sur le trottoir de gauche, celui du 45. Devant la porte cochère, j'ai éprouvé une vague appréhension et j'ai fait les cent pas le long de la façade qui se termine en rotonde à l'angle de la rue de Monceau. Cette façade massive, avec ses portes-fenêtres et ses balcons, me paraissait plus claire : sans doute l'avait-on ravalée en mon absence. Les volets de fer du premier étage de la rotonde étaient fermés. En face, la pagode chinoise. Je l'avais souvent contemplée des fenêtres du bureau de Rocroy, se découpant sur le ciel rose du crépuscule.

J'ai franchi le porche, j'ai poussé la porte vitrée et consulté le panneau du vestibule, où étaient inscrits les numéros de tous les étages et les noms de leurs occupants. Mais à part « de Rocroy-Wattier », je n'y lisais que des noms de sociétés. J'ai préféré gravir l'escalier monumental plutôt que d'utiliser l'ascenseur.

Sur le palier du second étage, j'ai eu un moment d'hésitation et puis j'ai fini par me rappeler que la porte de

Rocroy était celle de gauche. J'ai sonné. J'ai entendu un pas derrière la porte :

— Qui est-ce ?

— Jean Dekker.

La porte s'est ouverte, sans que je voie personne, comme si elle était actionnée, à distance, par un système automatique. Je suis entré. Il faisait noir. La porte s'est refermée. Le faisceau d'une torche est monté jusqu'à mon visage et m'a ébloui.

— Excusez-moi, Jean. Mais l'électricité ne marche pas dans cette pièce.

Je me souvenais d'un assez vaste vestibule dont les murs étaient peints en beige et au plafond duquel pendait un lustre.

— Par ici, Jean...

Elle m'avait pris le bras et me guidait à travers le vestibule, le faisceau de sa lampe électrique projeté devant nous, et nous franchissions une double porte entrebâillée pour nous retrouver dans la grande pièce en rotonde qui servait de bureau à Rocroy. Les fenêtres donnaient à la fois sur la rue de Courcelles et la rue de Monceau. Mais leurs volets intérieurs étaient fermés et tous les rideaux tirés. La lumière venait d'une lampe à trépied près de la bibliothèque.

— J'ai fermé à cause de la chaleur...

Un ventilateur bourdonnait sur l'un des guéridons. Elle se tenait à quelques pas de moi, dans l'ombre, à l'abri de mon regard. Je me suis tourné vers elle.

— J'ai changé ?

Elle m'avait posé cette question d'une voix hésitante. Elle portait un peignoir d'éponge blanc et, autour du cou, une écharpe bleu marine qui semblait cacher une blessure. Non, elle n'avait pas changé : ses grands yeux clairs légèrement à fleur de tête, ses cheveux blonds, plus courts qu'il y a vingt ans, son arcade sourcilière bien dessinée...

— Vous n'avez pas changé du tout...

Elle a haussé les épaules.

— Vous dites ça pour me faire plaisir. Asseyez-vous...

Elle me désigna la bergère de velours vert et vint s'asseoir elle-même sur le rebord du canapé où avait l'habitude de s'allonger Rocroy.

— Il n'y a pas beaucoup de lumière ici, mais je ne peux pas supporter la chaleur... Vous êtes à Paris pour longtemps ?

Elle ne cessait de m'observer en plissant les yeux.

— Vous non plus, vous n'avez pas changé... Vous avez toujours l'air aussi jeune... Mais je dois dire que l'ombre est flatteuse...

Elle souriait.

— Vous voulez boire quelque chose ? Du jus d'orange ?

Elle se penchait, prenait un verre sur un plateau d'argent, au pied du canapé, appuyait au rebord du verre le goulot de la bouteille et versait un liquide orange et pétillant.

— Tenez... Ça ne vous dérange pas de boire dans un verre où j'ai bu ?

— Au contraire.

— Toujours aussi gentil et aussi bien élevé...

J'ai avalé une gorgée de jus d'orange. Je cherchais vainement une phrase pour entamer la conversation.

— Qui vous a donné l'idée de me téléphoner ?

— Je suis de passage à Paris... Je n'y étais pas revenu depuis vingt ans...

— Vous avez bien fait de me téléphoner.

Son ton grave me surprit.

— De Rocroy vous aimait beaucoup... Il n'a pas été étonné quand vous avez publié vos premiers livres... Il prévoyait que vous vous lanceriez dans une activité de ce genre...

— Je regrette de ne pas avoir eu l'occasion de le revoir.

Les traits de son visage se sont contractés.

— Jean, il faut que vous sachiez une chose... Quand il a décidé d'en finir, c'était dans la sérénité la plus totale...

Elle avait martelé ces derniers mots comme si elle essayait de me convaincre.

— Simplement, il avait l'impression d'avoir vécu sa vie... D'avoir vécu tout ce qu'on pouvait vivre... De la meilleure façon possible... Vous comprenez ?

— Je comprends.

— Il y avait quelque chose de japonais chez lui...

Elle me regardait droit dans les yeux mais me voyait-elle ? C'était vrai que Rocroy avait quelque chose de japonais, si l'on entend par là une certaine impassibilité, une manière de fumer, par exemple, très particulière et dont j'aurais voulu qu'il me donnât le secret. Ce geste nonchalant du poignet pour faire tomber la cendre...

— C'est extrêmement pénible de parler de tout ça... Pour mieux comprendre de Rocroy, il faut bien se dire qu'il n'a pas vécu une vie, mais plusieurs en même temps.

— Je crois qu'il y a des tas de choses de lui que nous ne connaîtrons jamais, lui dis-je.

— Je pensais à la même chose... Et vous avez deviné mes pensées... Sans doute parce que vous avez bu dans mon verre...

Je jetai un coup d'œil rapide autour de moi. La pièce n'avait pas changé non plus avec ses boiseries vert pâle, ses lourds rideaux de velours bordeaux, ses rayonnages de livres encastrés dans les boiseries où ne s'alignaient que des romans policiers : couvertures jaunes du Masque, Série Noire, collections anglaises, américaines... Rocroy m'en prêtait souvent, et je n'aurais jamais pu penser, à cette époque, que l'un de mes ouvrages figurerait un jour dans sa bibliothèque... Bien qu'il appelât cette pièce « mon bureau », on n'y remarquait aucun bureau. Il recevait ses clients debout, ou allongé sur le canapé. Et quand il recevait debout, c'était toujours dans l'embrasure de la porte-fenêtre de la rotonde, celle qui donnait sur la rue de Courcelles et la rue Rembrandt, et d'où l'on voyait la pagode chinoise...

— Nous parlions quelquefois de vous... Il avait lu vos livres... Il aurait aimé vous revoir mais il pensait que vous aviez votre vie à vous, et il ne voulait pas vous déranger... Vous permettez ?...

Elle se versa du jus d'orange dans mon verre. Son visage était lisse sous la lumière de la lampe et on lui aurait donné trente ans. Un rayon de soleil passait par l'entrebâillement des rideaux et dessinait une tache blonde au bas de son peignoir.

— Il aurait aimé vous confier plusieurs documents qui vous auraient intéressé...

Autant qu'il m'en souvienne, elle n'était pas vraiment sa secrétaire, mais il la tenait au courant de son travail et même la chargeait de besognes confidentielles. Elle paraissait à sa totale dévotion. Souvent, j'avais entendu Rocroy, au téléphone, dire de sa voix lasse : « Vous en parlerez à Gyp... Voyez toute cette affaire avec Gyp... Gyp s'en occupera... » Gyp était le surnom affectueux qu'il lui donnait.

— Avant que j'oublie, venez avec moi...

Elle se leva et me prit par le bras. Elle marchait pieds nus sur la moquette grise et je m'aperçus que ses ongles de pieds et de mains étaient vernis, d'un vernis grenat qui contrastait avec l'éponge blanche du peignoir, ses cheveux blonds et ses yeux clairs. Elle poussa la porte et nous entrâmes dans une chambre aux murs vert pâle comme le salon et dont le grand lit était défait.

— Excusez-moi pour le désordre mais je vis seule ici...

Au-dessus du lit, accrochée au mur, une photo de Rocroy. Je la connaissais puisqu'il m'avait dédicacé la même, un jour. Il posait de trois quarts, le profil très pur, le menton bien dessiné, sa main droite serrant le dossier d'une chaise, l'allure d'une vedette de l'écran plutôt que celle d'un avocat. Rocroy, lui-même, en me l'offrant, m'avait dit que ce genre de photo lui causait du tort dans son métier, mais que la vie serait bien monotone si l'on avait toujours l'esprit sérieux.

— C'est une très belle photo, lui dis-je.

— C'est la photo de lui que je préfère...

Elle ouvrait de nouveau une porte, à l'autre extrémité de la chambre et allumait une lampe. Nous nous trouvions dans une pièce de taille moyenne dont les murs étaient tapissés de dossiers. D'autres étaient rangés en pile sur la cheminée de marbre gris. Elle les examina un par

41

un et finit par choisir une chemise cartonnée de couleur beige.

— Voilà... Regardez...

— Sur la chemise cartonnée il était écrit : « Pour Jean Dekker si possible », de la large écriture de Rocroy.

— Je suis très ému, lui dis-je.

Elle se tenait, immobile, au milieu de la pièce.

— Ce sont toutes ses archives... Je les ai rangées ici...

De nouveau, nous traversions sa chambre pour déboucher dans le grand bureau en rotonde. Je tenais le dossier à la main.

— De Rocroy me disait souvent que cela vous intéresserait, vous qui écrivez des romans policiers... Vous apprendrez des tas de choses là-dedans...

— Des tas de choses ?...

— Oui, des tas de choses sur des gens que vous avez connus... Mais je vous laisse le plaisir de la découverte... Pour moi, le passé est le passé et je n'aime pas y revenir...

Elle s'était assise sur le rebord du canapé, remplissait un verre de jus d'orange, et me tendait le verre.

— De Rocroy aurait voulu vous envoyer ce dossier, mais il n'osait pas vous l'adresser à votre maison d'édition de Londres...

J'avais envie d'ouvrir tout de suite la chemise cartonnée, mais c'était impoli, là, devant elle.

— Il me disait que, de nous tous, vous étiez le seul à vous être vraiment tiré d'affaire...

— C'est gentil de sa part.

— Vous restez longtemps à Paris ?

— Quelques jours.

— Vous habitez à l'hôtel ?

— Oui.

— Je pars demain pour deux semaines sur la côte basque, chez ma sœur. Je peux vous donner les clés de l'appartement...

— Mais non... Ce n'est pas la peine...

— Si, si... Je vais vous donner les clés de l'appartement... Vous pouvez rester ici jusqu'à mon retour... Pour vous parler franchement, je préfère qu'il y ait quelqu'un ici en mon absence...

Je sentais qu'il ne fallait pas la contredire.

— Vous ne serez pas dépaysé, ici... Vous connaissez bien l'appartement... Et puis, je crois que cela aurait fait plaisir à de Rocroy...

Elle fixait son regard sur moi, en silence. Ses yeux clairs s'embuaient et une larme finissait par glisser jusqu'à la commissure des lèvres. Je me levai et vins m'asseoir sur le canapé, à côté d'elle. De profil, elle paraissait encore plus jeune. Peut-être avait-elle vécu au ralenti ou en hibernation, pendant ces vingt dernières années.

— J'essaie d'oublier le passé... Mais aujourd'hui, à cause de vous...

Elle s'essuyait les yeux, avec le col du peignoir et son geste découvrait ses seins. Elle se tournait vers moi, et elle semblait indifférente au fait que l'un des pans du peignoir avait glissé et qu'elle se montrait ainsi à moitié nue.

— Il ne faut plus revenir sur le passé, lui ai-je dit. Excusez-moi, Gyp...

Elle avait rapproché son visage du mien.

— Vous vous souvenez qu'il m'appelait « Gyp » ?

43

Quand je suis sorti de l'immeuble, il faisait déjà nuit. J'ai regardé encore une fois la pagode dont le rouge ocre se détachait sur le bleu sombre du ciel. Plus bas, au moment où je traversais le boulevard Haussmann désert, un cycliste m'a dépassé et a continué de descendre en roue libre la pente de la rue de Courcelles.

La chaleur était toujours aussi étouffante et j'ai pensé, avec regret, à l'appartement que je venais de quitter. Mais dès le lendemain, si je le voulais... j'ai tâté la clé, dans ma poche.

Au Rond-Point des Champs-Elysées, je me suis arrêté un instant devant la fontaine. Des touristes étaient assis sur les chaises de fer, autour du bassin. Comme eux, j'étais désormais étranger à cette ville. Plus rien ne m'y retenait. Ma vie ne s'inscrivait plus dans ses rues, sur ses façades. Les souvenirs qui surgissaient au hasard d'un carrefour ou d'un numéro de téléphone appartenaient à la vie d'un autre. Et d'ailleurs les lieux étaient-ils encore les mêmes ? Le Rond-Point, par exemple, que j'avais traversé à pied un soir en compagnie de Rocroy — était-il le même Rond-Point ? Cette nuit, il ne lui ressemblait plus, en tout cas, et devant ce jet d'eau je ressentais une terrible impression de vide.

J'ai pénétré dans les jardins et au passage j'ai levé la tête vers le Cupidon de bronze, au sommet de la tourelle du Pavillon de l'Elysée. Pas une lumière aux fenêtres. L'une de ces villas à l'abandon que l'on distingue derrière la grille rouillée et les massifs d'un parc. Et ce Cupidon, là-haut, brillant d'un reflet de lune dans l'obscurité, avait quelque chose de funèbre et d'inquiétant qui me glaçait le cœur et me fascinait à la fois. Il me semblait un vestige du Paris où j'avais vécu.

J'étais arrivé à la lisière de la place de la Concorde, que des cars de tourisme aux couleurs vives sillonnaient avec une lenteur de corbillard. Les réverbères et les fontaines aux eaux lumineuses m'ont fait cligner les yeux. À droite, des ombres glissaient sur la balustrade des Tuileries : le bateau-mouche. Ses projecteurs perçaient les feuillages des arbres, de l'autre côté de l'avenue des Champs-Elysées, et j'étais tout seul au milieu d'un spectacle de son et lumière que l'on aurait donné dans une ville morte. Y avait-il vraiment des passagers à l'intérieur de ces cars et a bord de ce bateau-mouche ?

Un éclair a illuminé le ciel, là bas, au-dessus des Tuileries, précédant le roulement lointain du tonnerre. J'ai fourré entre ma veste et ma chemise le dossier que m'avait remis Ghita Wattier et je suis resté là, assis sur un banc, à attendre les premières gouttes de pluie

À la réception de l'hôtel, le concierge m'a tendu une enveloppe bleue. C'était un message de ma femme qui avait téléphoné dans l'après-midi. Elle avait décidé de partir plus tôt que prévu pour Klosters avec les enfants. Elle y serait demain matin et me demandait de venir l'y rejoindre.

— Monsieur...

Le concierge me lança de nouveau son sourire de connivence.

45

— Si vous êtes seul à Paris...

Il me glissait dans la main la carte rouge qu'il m'avait donnée l'autre soir.

— Tout est possible avec ça... N'importe lequel de vos désirs peut être exaucé... Il suffit de téléphoner...

Je jetai un coup d'œil sur la carte. Oui, le nom d'Hayward y était toujours inscrit en lettres noires. Hayward.

J'ai ouvert les deux battants de la fenêtre et je me suis assis sur le bord du balcon. La pluie tombait à torrents, comme une pluie de mousson. Un car mauve et vert s'était arrêté le long du trottoir opposé à celui de l'hôtel et j'avais reconnu l'inscription à son flanc : DE GROTE REISEN ANTWERPEN. Au bout d'un instant, les passagers sont descendus et la pluie semblait les jeter dans une exaltation de plus en plus forte. Ils ont fini par former une ronde au milieu de la rue. Ils chantaient en chœur une chanson aux sonorités gutturales. Certains ôtaient leurs chemises à fleurs qu'ils nouaient à leur taille et continuaient de tourner, torse nu, sous la pluie. L'homme blond en habit de steward est apparu sur le marchepied du car, son micro à la main. Il leur a lancé un hennissement, et tous, penauds, trempés, ont repris leurs places dans le car qui s'est éloigné lentement vers l'Opéra. La pluie a cessé. Pour la première fois depuis mon arrivée à Paris, je me sentais bien à cause de la fraîcheur qui montait de la rue.

Le dossier de carton beige contenait une chemise bleu ciel et à l'intérieur de celle-ci une centaine de pages dactylographiées sur papier pelure étaient retenues les unes aux autres par des trombones rouillés. Je les ai feuilletées rapidement et des noms de gens qui m'avaient été familiers me sautaient aux yeux. « Vous apprendrez des tas de choses là-dedans », m'avait dit Ghita Wattier. Je n'en doutais pas. J'allais lire et relire ces pages avec le plus vif intérêt. J'avais tout le temps. J'ai posé le dossier sur la table de nuit.

Un réverbère brillait sous chaque arcade. Je les ai comptés, comme on égrène un chapelet. Des lumières se reflétaient sur le pavé mouillé de la rue de Castiglione et dans la grande flaque d'eau que la pluie avait laissée, en face, à la hauteur de la pharmacie anglaise. Reflets des feux verts et rouges, des réverbères, de l'enseigne lumineuse de la pharmacie, encore ouverte à cette heure tardive. Et j'attendais, comme si quelque chose allait apparaître à la surface de cette flaque d'eau et de ces pavés. Nénuphars. Crapauds. Feuilles d'un ancien agenda. Feuilles mortes. Une centaine de pages de papier pelure. Trombones rouillés.

Ma femme comprendrait que je ne vienne pas la rejoindre tout de suite à Klosters. Elle comprenait tout.

Vers cinq heures de l'après-midi, je suis sorti de l'hôtel, le dossier sous le bras. La chaleur était aussi lourde que la veille, mais j'avais lu dans le journal que la pluie tomberait de nouveau en fin de soirée et cette perspective me réconfortait.

Sous les arcades, je me suis demandé pourquoi j'avais décidé d'habiter un hôtel de la rue de Castiglione. Si j'y réfléchissais bien, la raison en était simple : je craignais tant de retrouver Paris, que j'avais choisi l'endroit le plus neutre possible, une zone franche, une sorte de concession internationale où je ne risquais pas d'entendre parler français et où je ne serais qu'un touriste parmi d'autres touristes. La vue de tous ces cars me rassurait, comme celle des affiches : « Duty free shop » aux vitrines des parfumeries où des Japonais en chemises à fleurs se pressaient les uns contre les autres : Oui, j'étais à l'étranger. Pourtant, à mesure que mes pas m'entraînaient vers l'appartement de la rue de Courcelles, Paris redevenait peu à peu ma ville.

J'ai tourné la clé dans la serrure. Au moment où j'ai fait claquer la porte derrière moi, j'ai cru que je replongeais dans le passé, à cause de l'obscurité, de la fraîcheur du vestibule qui contrastaient avec le soleil de plomb du dehors, et de l'odeur de cuir, particulière à l'appartement de Rocroy. C'était comme descendre brusquement au fond d'un puits ou de ce qu'on appelle un « trou d'air ». J'ai marché à tâtons, les deux bras tendus, et mes mains ont heurté l'un des battants de la porte. Des rayons de soleil traversaient les rideaux du grand bureau en rotonde. J'ai allumé l'une des lampes. Ghita Wattier avait oublié d'éteindre la lumière dans sa chambre et dans celle où étaient rangées les archives de Rocroy.

J'ai hésité un instant. Ouvrir les rideaux, les volets et les fenêtres ? Les laisser fermés ? Dans la chambre aux archives, j'ai voulu vérifier si le « mécanisme secret » — comme disait Rocroy — fonctionnait toujours. Je me souvenais de l'emplacement du bouton. Au pied du mur gauche, à côté d'une prise électrique. J'ai appuyé dessus. Un panneau de rayonnages a glissé lentement, laissant une ouverture d'à peine un mètre que j'ai franchie. En dépit de l'obscurité, j'ai trouvé le commutateur, et la lumière est venue d'une ampoule nue qui pendait du plafond. Le vestibule au dallage noir et blanc n'avait pas changé avec ses murs gris et la rampe de fer forgé qui marquait le départ de l'escalier. Celui-ci descendait jusqu'à une pièce de rez-de-chaussée qui avait été certainement, jadis, un magasin dont la vitre dépolie et l'entrée donnaient sur la rue de Monceau, mais Rocroy avait fait condamner cet accès-là par une grille extérieure, qui déjà, il y a vingt ans, était rouillée.

Je suis passé dans la chambre contiguë. Une seule ampoule du lustre clignotait encore et enveloppait la pièce d'une lumière incertaine. Le lit au dossier molletonné de satin bleu ciel était le même ainsi que les rideaux blancs, la table de nuit et la lampe de chevet. Je n'ai pu m'empêcher de pousser la porte de la salle de bains. L'électricité n'y fonctionnait plus. J'ai distingué dans la pénombre la baignoire, la glace à deux panneaux mobiles et le lavabo. Sur la tablette, un blaireau et un rasoir mécanique d'un ancien modèle. J'ai essayé de me rappeler s'ils avaient été les miens.

Je me suis allongé sur le lit, comme il y a vingt ans. J'avais passé dans cette chambre mes dernières journées à Paris. Rocroy m'y avait offert l'hospitalité après que je lui eus tout expliqué... Et puis, un soir, il m'avait accompagné à la gare Saint-Lazare. Pour viatique, il m'avait donné cinq mille francs que plus tard j'ai voulu lui rendre quand j'ai commencé à gagner de l'argent avec mes livres. Mais il n'aurait pas accepté et tout cela me paraissait peu à peu si lointain, comme dans une autre vie... C'était lui qui avait eu l'idée de l'Angleterre. Sur le quai de départ, il m'avait souhaité « bonne chance ». Jusqu'au Havre, j'avais voyagé debout : les trains étaient bondés, cet après-midi-là, le premier jour des vacances de juillet.

J'ai ouvert le tiroir de la table de nuit. Des lunettes de soleil. Les miennes. Je les avais oubliées à mon départ d'ici. J'ai essuyé leurs verres que recouvrait une pellicule de poussière, je les ai mises et j'ai marché vers la glace accrochée au mur. Je voulais me voir avec ces lunettes de soleil, voir ma tête d'il y a vingt ans.

À la tombée de la nuit, j'ai ouvert les portes-fenêtres et les volets du grand bureau en rotonde. La pagode, en face, brillait d'un éclat phosphorescent. Une averse est tombée, qui a rafraîchi l'air. Je m'étais allongé sur le canapé et feuilletais le dossier. Je voulais entrer par petites touches progressives dans le vif du sujet. C'était un morceau de ma vie que contenaient ces feuilles de papier pelure et il fallait que je m'habitue à cette lumière froide sous laquelle on présentait tous ces gens que j'avais côtoyés, certains faits auxquels j'avais été mêlé et des détails qui jusqu'alors m'étaient inconnus...

La sonnerie du téléphone. Je me suis levé et j'ai cherché à travers le bureau. Puis j'ai couru jusqu'à la chambre de Ghita Wattier et j'ai découvert, en suivant le fil, l'appareil sous la table de nuit.

— Allô ? C'est vous, Jean ?

Je reconnaissais bien la voix de Ghita.

— Oui... Comment allez-vous ?

— Je suis à Biarritz... chez ma sœur... Vous vous êtes installé dans l'appartement ?

— Oui. Mais je vous promets que je ne mettrai pas de désordre...

— Cela n'a aucune importance...

— J'y viendrai simplement pendant la journée... à cause de la chaleur...

— Vous pouvez y rester pour dormir... Je ne veux pas laisser cet appartement vide en mon absence...

— Alors ne vous inquiétez pas... Je resterai pour dormir...

— Je préfère... Vous ne vous ennuyez pas trop ?

— Pas du tout... J'ai retrouvé les lunettes de soleil que j'avais laissées il y a vingt ans... dans la chambre secrète...

Elle a éclaté de rire.

— Vous savez, moi, je ne vais plus dans cette partie de l'appartement. Il doit y avoir une de ces poussières...

— En tout cas, le mécanisme marche toujours...

De nouveau, son rire.

— Vous avez lu le dossier ?

— Pas encore. Cela me fait un peu peur.

— Lisez-le. Et dites-moi ce que vous en pensez. Je vous rappellerai demain, à la même heure. Au revoir, mon petit Jean...

— Au revoir, Gyp.

J'ai suivi le couloir jusqu'à la cuisine. On l'avait repeinte en blanc depuis l'époque de Rocroy. La fenêtre était entrebâillée et elle donnait sur la cour. Rocroy possédait un garage, en bas, et je me suis demandé si sa Sun-

51

beam dormait encore là. J'ai ouvert le réfrigérateur où étaient rangées des bouteilles de jus d'orange. J'en ai pris une. De retour dans le bureau en rotonde, j'ai repéré sur les rayonnages de la bibliothèque trois de mes livres, les trois premiers *Jarvis*. Cela m'a rassuré car je finissais par ne plus très bien savoir qui j'étais. J'ai voulu téléphoner à ma femme pour me rassurer tout à fait, mais Klosters me paraissait si loin de cet appartement dans l'espace et dans le temps... L'averse avait cessé et la pagode se reflétait sur le trottoir de la rue de Courcelles. De nouveau, je me suis allongé sur le canapé et j'ai feuilleté le dossier, lisant au hasard des pages de papier pelure.

Rocroy avait écrit en lettres majuscules le nom de Bernard Farmer sur l'une des chemises de papier bleu ciel Elle contenait une feuille dactylographiée : — 24 mai 1945.

L'an 1945, le 24 mai
Nous Marcel Galy, commissaire Principal
Continuant notre information contre Farmer, Bernard, Ralph, dit « Michel », 189 rue de la Pompe, Paris XVIe, en fuite :
Constatons que se présente Mademoiselle Chauvière Carmen Yvette née le 4 août 1925 à Paris (10e), artiste, demeurant 40 rue La Rochefoucauld à Paris (9e) à qui nous donnons lecture de notre commission rogatoire et à qui nous faisons prêter serment de dire toute la vérité, rien que la vérité.

Elle déclare :

J'ai fait la connaissance de Monsieur Bernard Farmer en septembre 1943, au cabaret « L'étincelle », 9, rue Mansart Paris (IXᵉ). J'avais été engagée dans la revue que présentait cet établissement en qualité de danseuse.

Par la suite, j'ai eu une liaison avec M. Bernard Farmer qui s'est terminée en août 1944, date de son départ de Paris.

J'ignorais tout des activités de M. Farmer. Je voyais bien qu'il disposait de sommes d'argent très importantes mais je ne lui ai jamais demandé leur provenance. L'un de ses amis, auquel il m'avait présenté, M. Lucien Blin, m'avait expliqué un jour que M. Bernard Farmer avait exercé les métiers les plus divers en France et en Angleterre. M. Bernard Farmer m'avait dit qu'il s'occupait d'une galerie de peinture à Paris et de commerce de tableaux et de meubles anciens.

Je savais qu'il avait des bureaux 76 Champs-Elysées, au-dessus des arcades du Lido parce qu'il m'y donnait rendez-vous quelquefois. J'ignorais qu'il s'agissait d'une officine de marché noir. Il y était toujours seul et ces bureaux me semblaient désaffectés.

Pour me résumer, je peux dire que je n'ai eu avec Monsieur Farmer que des relations sentimentales et il m'est difficile de vous fournir des indications sur ses activités.

Une autre chemise bleu ciel portait mon nom : Jean Dekker, toujours de l'écriture hâtive de Rocroy. Elle contenait plusieurs feuilles dactylographiées :

53

NOTE
Police judiciaire
Brigade Mondaine
Jean Dekker
né le 25 juillet 1945 à Boulogne-Billancourt. Seine.
Domicile : Depuis le 11 avril 1965, Hôtel Triumph, 1 bis rue Troyon. Paris 17e.
Deux fiches d'hôtel ont été retrouvées au nom de Jean Dekker, et remplies par lui au mois de juin dernier :
Le 7 juin 1965 : Hôtel-Restaurant Le Petit Ritz, 68 avenue du 11 Novembre à La Varenne-Saint-Hilaire (Seine-et-Marne).
Le 28 juin 1965 : Hôtel Malakoff, 3 avenue Raymond-Poincaré, Paris 16e où il a indiqué comme étant son domicile, le 2 avenue Rodin (XVIe).
Au Petit Ritz, comme à l'hôtel Malakoff il était accompagné par *une jeune fille d'une vingtaine d'années, taille moyenne, brune, yeux clairs dont le signalement correspond à celui donné, dans sa déposition, par M. Deniau, concierge 2 avenue Rodin, Paris XVIe.*
Jusqu'à présent, cette jeune fille n'a pas pu être identifiée.

Sur une autre feuille :

Cote 29 : Position des douilles.
Les trois douilles correspondant aux trois balles tirées ont été retrouvées.
— L'une d'elles a été retrouvée par terre entre le fume-

54

cigarette tombé à proximité du bras droit de Ludovic Fouquet et le fauteuil.

— Les deux autres douilles se trouvaient sur le fauteuil entre la tête et l'accoudoir gauche.

Au sujet des hypothèses qu'on peut émettre sur la manière dont s'est déroulé le meurtre de M. Ludovic Fouquet, une déposition, celle de M. Rosen, habitant au 3e étage de l'immeuble du 2 avenue Rodin est intéressante.

De la succession des bruits qu'il a entendus, on peut déduire qu'un premier coup a été tiré, qui a abattu M. Ludovic Fouquet ; puis un court laps de temps après, deux autres coups. On lit en effet dans la déposition de ce témoin :

« Vers vingt-trois heures, j'ai entendu un bruit assez fort, comme si on renversait un meuble sur le parquet, suivi, à quelques dizaines de secondes de deux coups plus secs et plus étouffés.

Ces deux coups étaient rapprochés et, immédiatement, j'ai pu déterminer qu'ils provenaient de l'appartement des Hayward.

Je n'ai attaché aucune importance à ces trois coups. Par la suite, dans le courant de la matinée, j'ai appris ce qui s'était passé chez les Hayward et j'ai pensé aussitôt... »

Je suis sorti de l'immeuble vers dix heures du soir, à la recherche d'un restaurant ou d'un café et en passant devant la pagode, j'ai compris pourquoi elle se détachait si bien de l'obscurité au point de m'avoir paru phosphorescente. Des projecteurs de cinéma, disposés au fond de la rue Rembrandt, étaient braqués sur elle. J'ai remonté la rue de Monceau jusqu'à l'angle de l'avenue de Messine où un café était encore ouvert. J'entendais un brouhaha de voix. Des consommateurs en grand nombre occupaient les tables de la terrasse qui débordaient sur le trottoir. Je me suis assis à l'intérieur, le long de la paroi vitrée.

Le garçon est venu prendre ma commande.

— Deux sandwiches et un café. Vous avez beaucoup de monde, ce soir...

— Une équipe de cinéma... Ils tournent dans le quartier...

Et il m'a indiqué, sur un ton admiratif, le nom du metteur en scène.

— Il est connu ?

Il m'a considéré, les yeux ronds, le sourire vaguement méprisant.

— Bien sûr qu'il est connu...

— Excusez-moi, mais je n'étais pas revenu en France depuis longtemps...

J'ai regretté aussitôt de lui avoir fait cette confidence. Je contemplais, à travers la paroi vitrée, tous ces gens pressés les uns contre les autres. Le metteur en scène, ce devait être ce brun, l'air assez jeune, avec une barbe qui lui mangeait le visage et des yeux noirs et sournois. Il se rongeait l'ongle du pouce. Il était entouré d'une demi-douzaine de personnes qui semblaient avoir le plus grand respect pour lui et buvaient les rares paroles qu'il prononçait le pouce entre les dents. À côté de lui, une femme blonde dont les traits délicats et le front têtu me rappelaient quelque chose... Mais oui, elle avait joué petite fille, dans un film célèbre, à l'époque où moi-même j'étais un enfant du même âge. Et maintenant, sans transition, je la retrouvais sous l'aspect d'une femme de quarante ans, comme si le poids du temps nous avait écrasés l'un et l'autre en quelques secondes. On leur servait à tous des plats de crudités et de l'eau minérale. Le metteur en scène, lui, avalait café sur café. Un groupe se tenait un peu à l'écart, aux tables qui marquaient la lisière de la terrasse : les techniciens, sans doute. Je me laissais engourdir par le murmure des voix et mon regard s'attardait sur un visage qui ne m'était pas inconnu : un blond au nez en trompette et au menton empâté, assis seul à une table, et qui fumait un cigarillo. Où l'avais-je déjà rencontré ? Nous étions à quelques centimètres l'un de l'autre, séparés par la vitre. Il a fait un mouvement de tête et m'a regardé à son tour. Au bout d'un instant, il a eu un sourire embarrassé, s'est levé, est entré dans la salle du café et s'est dirigé vers ma table :

— Excusez-moi... Robert Carpentieri...

Il parlait de la voix grave des fumeurs. Ou bien était-il enroué. De près, il paraissait quarante-cinq ans malgré ses yeux bleus, sa houppe de cheveux blonds et son nez en trompette. Il s'est penché légèrement, les deux mains appuyées au dossier de la chaise vide en face de moi. Je restais muet car je ne voulais pas lui dire mon nom.

— J'ai l'impression que nous nous connaissons.

Il a tiré la chaise vers lui et s'est assis.

— Alors, ça doit remonter à une vingtaine d'années, lui ai-je dit. Je n'ai pas mis les pieds à Paris depuis tout ce temps-là...

— Vingt ans ?

— À peu près.

Son regard se perdait dans le vague. Il essayait de se rappeler quelque chose. De toutes ses forces.

— Nous avons peut-être dû nous rencontrer avec Georges Maillot ? Vous avez connu... Georges Maillot ?

Il avait chuchoté ce nom, comme un mot de passe.

— Vous avez raison, lui ai-je dit. Nous nous sommes connus avec Georges Maillot...

Un profil m'est revenu en mémoire, une photographie où jouaient l'ombre et la lumière, comme celle de Rocroy au mur de la chambre de Ghita. Et cette photographie m'avait été dédicacée par Maillot. Mais à la différence de celle de Rocroy, on n'y voyait que son visage. La coutume de dédicacer à ses amis une photo de soi ne se pratiquait déjà plus à l'époque mais, après tout, c'était peut-être moi qui le leur avais demandé.

— Vous fréquentiez beaucoup Georges Maillot ? m'a-t-il dit.

— Pas mal. Et vous ?

— Je le voyais tous les jours.

— Vous... vous n'étiez pas son secrétaire à l'époque ?

Je n'osais dire « chauffeur ». Et pourtant, plus je l'observais, plus une image s'imposait à moi : ce gros blond, au volant de la voiture de Maillot.

— Son secrétaire, si vous voulez... Son chauffeur aussi...

C'était bien ça. Il souriait.

— Et même son ami... Ce soir, je ne m'attendais pas à parler de Georges...

Il me considérait avec une sorte d'étonnement respectueux.

— Ça faisait vingt ans que vous étiez... absent ?

Me prenait-il pour un fantôme ? Ou pour quelqu'un qui venait de sortir de prison après une longue peine ? J'ai voulu le mettre à l'aise et j'ai désigné d'une geste large tous ces gens, assis aux tables de la terrasse.

— Il y en a bien un là-dedans qui a dû connaître Georges Maillot, non ?

Il a haussé les épaules.

— Pensez-vous... Ils étaient encore au biberon quand Georges faisait du cinéma... Je suis le plus vieux de l'équipe...

— Vous travaillez... avec eux ?

— Oui... Je suis devenu régisseur...

Mais je sentais qu'il n'avait pas envie de parler de ça. Il avait suffi de prononcer le nom de Georges Maillot et le présent n'existait plus pour lui. Il était suspendu à mes lèvres.

— Et vous ? Comment vous avez connu Georges ?

Moi, je n'avais pas envie de me confier de but en blanc au premier venu.

— Comment j'ai connu Georges ?

Je cherchais une réponse qui soit une demi-vérité. Je voulais tâter le terrain et voir à quel hameçon il mordrait.

— Je l'ai connu par quelqu'un qui lui avait fait faire un de ses premiers films... Albert Valentin...

— Celui qui habitait l'hôtel, rue Troyon, où Georges descendait pendant ses séjours à Paris ?

Il connaissait donc Valentin... Mais il ignorait que moi

59

aussi j'avais habité dans cet hôtel. Peut-être ne nous étions-nous rencontrés que deux ou trois fois avec Maillot et avait-il simplement la mémoire des visages ? S'il savait si peu de choses sur mon compte, ce n'était pas à moi de lui donner des détails. Ne jamais dévoiler — comme le disait Albert Valentin — ses batteries.

— Alors, si je comprends bien, vous travaillez toujours dans le cinema ? lui ai-je demandé.

Il a haussé les épaules.

— Il faut bien gagner sa vie...

J'ai désigné la table où trônait le metteur en scène. À chaque instant, un membre de l'équipe venait se pencher vers lui, avec déférence, mais il continuait à ronger l'ongle de son pouce, l'air méprisant.

— C'est un bon metteur en scène ?

— Bon ou mauvais, je m'en fous... Je fais mon boulot...

— Et vous, comment avez-vous connu Maillot ?

Son visage s'est éclairé.

— Sur un plateau de cinéma... En 1955... Il tournait son dernier film... J'avais dix-huit ans et j'étais accessoiriste...

— Moi, quand je l'ai connu, il ne faisait plus de cinéma depuis longtemps...

— Il n'a jamais aimé ça. Il a fait du cinéma par hasard mais il n'a jamais aimé ça...

Il jetait un œil las sur les tables de la terrasse.

— Il n'avait vraiment rien à voir avec les tâcherons qui sont ici...

J'avais beau le dévisager avec le plus d'attention possible et fouiller dans mes souvenirs, je n'avais conservé, décidément, qu'une seule image de lui : au volant de la voiture de Maillot. Et une vague réminiscence : il me semblait que Maillot l'appelait par un surnom.

— Il vous appelait comment déjà ? ai-je risqué.

— Tintin. J'étais beaucoup plus mince à l'époque... Je ressemblais à Tintin...

Mais oui, bien sûr ; Maillot, penché à une fenêtre de l'hôtel, rue Troyon, et appelant Tintin de sa voix aux intonations graves. Tintin... Là, en face de moi, il me causait le même malaise que cette petite fille que j'avais reconnue tout à l'heure sur la terrasse, métamorphosée d'un coup de baguette magique en femme de quarante ans. Un Tintin vieilli, qui avait doublé de poids.

— Il me faisait porter des pantalons de golf... Et il m'avait offert pour mon anniversaire un fox-terrier... Depuis ce temps-là, dans le métier, on m'a toujours appelé Tintin Carpentieri...

Je retrouvais, comme une bouffée de parfum, le côté blagueur de Maillot. Avoir Tintin pour secrétaire, c'était tout à fait lui.

— Il va falloir que je retourne au travail, m'a-t-il dit en soupirant.

Dehors, sur la terrasse, le metteur en scène s'était levé et consultait un dossier épais en se rongeant l'ongle de l'index. L'ancienne petite fille se tenait à côté de lui, docile.

De nouveau, il s'est penché vers moi.

— Je voudrais absolument vous revoir... Vous aimiez Maillot, hein ?

— Bien sûr que je l'aimais.

— Eh bien, j'aurai une chose très importante à vous

confier... Mais nous n'avons pas assez de temps maintenant...

Il serrait les lèvres, comme s'il voulait retenir le flot d'une confidence. Et puis, il s'est décidé, d'un mouvement sec du menton.

— Écoutez... Maillot n'est pas mort... Il n'est pas mort... Vous me prenez pour un fou, hein ? Je vous dis que Maillot n'est pas mort. Je n'ai plus le temps, maintenant, mais donnons-nous un rendez-vous...

— D'accord.

— Demain, ... à minuit et demi... ici... dans ce café... Si je ne suis pas exact, ... vous m'attendrez... Nous tournons dans la rue, tout près...

— D'accord.

— J'aurai tout le temps de vous expliquer.

Il s'est levé, m'a serré la main, puis il est sorti de la salle. Très vite. Il est venu se joindre au groupe qui entourait le metteur en scène, mais il se tenait légèrement à l'écart. J'étais seul, dans la salle. Alors j'ai cru entendre, aussi léger que le grésillement des néons, le rire de Georges Maillot au-dessus de moi. Et je ne pouvais m'empêcher d'imaginer l'autre, là-bas, plus jeune de vingt ans, avec sa houppe blonde, vêtu d'un pantalon de golf et tenant en laisse un fox-terrier.

De retour à l'appartement, j'ai feuilleté le dossier pour voir si l'on y mentionnait Tintin. Page 12, figurait la déposition — très courte — qu'il avait faite à la date du 11 juillet 1965 :

... Robert Carpentieri, né le 7 juin 1938 à Paris (10e), technicien de cinéma, demeurant 5 bis rue Brunel à Paris (17e)... Il déclare :

J'ai connu M. Georges Maillot en avril 1955 lors du tournage de son dernier film. À partir de cette date j'ai entretenu des liens d'amitié avec lui. Je lui ai servi occasionnellement de chauffeur et de secrétaire et je l'ai accompagné à Rome en 1960 à l'occasion de son mariage avec Mademoiselle Piestri.

J'ai rencontré avec M. Maillot quelques-uns de ses amis, mais je ne me suis trouvé que très rarement en présence de Mme Carmen Blin. Je savais que M. Maillot la connaissait depuis longtemps. J'ai dû accompagner M. Maillot deux ou trois fois au domicile de Mme Carmen Blin, cours Albert-Ier.

Je n'ai jamais rencontré M. et Mme Hayward, ou M. Ludovic Fouquet. J'ignorais que M. Maillot les connaissait. Il ne m'en a jamais parlé.

La seule relation de M. Maillot qui habitait l'hôtel Triumph 1 bis rue Troyon (17e) était M. Albert Valentin, cinéaste. Le nom de Jean Dekker n'évoque rien pour moi. Je ne me souviens pas d'avoir entendu son nom mentionné devant moi par M. Maillot.

Et signe...

Ainsi, mon nom n'évoquait rien pour lui... Peut-être Tintin en savait-il plus long qu'il n'avait voulu le dire, mais de toute manière, il n'était qu'un comparse, l'une de ces silhouettes qu'on distingue à peine au fond du paysage d'un tableau.

J'ai refermé le dossier. Un courant d'air, soufflant par l'entrebâillement de la porte-fenêtre agitait les rideaux.

La perspective de passer la nuit dans cet appartement, à lire ce dossier, m'a soudain semblé au-dessus de mes forces. J'ai décidé de rentrer à l'hôtel, mais je ne me sentais pas le courage de faire, comme l'autre soir, le chemin à pied à travers cette ville morte. Alors j'ai commandé un radio-taxi.

J'ai été soulagé de retrouver ma chambre d'hôtel, comme n'importe lequel des touristes qui visitaient Paris. J'ai tâté mon passeport anglais dans la poche intérieure de ma veste. Je sortais d'un mauvais rêve. Tintin existait-il vraiment ? Bien sûr, il y avait ce dossier et les clés de l'appartement de la rue de Courcelles, mais je pouvais les faire disparaître pour toujours. Et il ne resterait plus aucun indice. Aucun. Je partirais, dès demain matin, pour Klosters, le cœur léger.

J'ai voulu téléphoner à ma femme mais il était trop tard. Et puis je craignais que ma voix ait une sonorité un peu bizarre, susceptible de l'inquiéter. Trouverais-je les mots anglais pour lui décrire le salon en rotonde et la pagode, et ma rencontre avec « Tintin » ? Il vaut mieux garder certaines choses pour soi.

J'ai posé sur le secrétaire mes vieilles lunettes de soleil. Brusquement, elles me faisaient peur, ces lunettes, comme les pièces à conviction d'un crime que j'aurais commis.

Je me suis allongé sur le lit, sans même me déshabiller

et j'ai allumé la radio. Je tournais doucement l'aiguille pour capter la B.B.C. J'avais besoin d'entendre parler anglais et de me persuader moi-même que j'étais bien Ambrose Guise, un écrivain anglais, revenant dans le crépuscule et le paisible ennui du dimanche, d'une promenade à Hampstead Heath.

Je les regardais de la fenêtre. Pour la troisième fois la fille montait lentement les marches. Arrivée sous l'auvent de la façade, elle frappait du poing contre la porte. Celle-ci s'ouvrait et un homme vêtu d'un smoking blanc, les cheveux gris en brosse, demeurait immobile dans l'embrasure de la porte.

— Est-ce que je pourrais le voir ? demandait la fille, nerveuse.

— Il vous attend.

Alors l'homme au smoking blanc, d'un geste large du bras gauche, lui faisait signe d'entrer. Elle avait un mouvement de recul.

— Vous êtes sûr qu'il m'attend ?

Et c'était à cet instant-là que le metteur en scène criait « Coupez ! », et que tout recommençait. Leurs voix résonnaient dans la nuit comme amplifiées par des haut-parleurs. Le bas de la pagode était violemment éclairé. Ils formaient autour du metteur en scène un groupe d'ombres parmi lesquelles je tentais vainement de distinguer celle de Tintin Carpentieri.

J'avais éteint la lumière du bureau en rotonde car je craignais que lui, en revanche, pût apercevoir d'en bas ma silhouette. Peut-être avait-il connu l'appartement de Rocroy et s'il me voyait au balcon de celui-ci, des détails du passé risquaient de lui revenir en mémoire, comme, par exemple, l'existence d'un certain Jean Dekker. Mais hier soir, il ne m'avait posé aucune question précise. Il lui suffisait d'avoir vaguement reconnu mon visage. Au fond, la seule chose qui comptait pour lui, c'était de parler de Georges Maillot avec quelqu'un.

La mort de Maillot avait précédé de quelques mois celle de Rocroy, et je l'avais apprise, elle aussi, à Londres, dans ce magasin proche de Montpelier Square où je feuilletais souvent les journaux français. Un entrefilet d'une quinzaine de lignes. On n'avait pas jugé utile d'y joindre sa photo. Mais pourquoi l'aurait-on fait ? Maillot avait abandonné depuis longtemps le cinéma. Il s'était écroulé sur le trottoir de l'avenue Montaigne, à trois heures du matin, « en sortant d'un bar » — selon l'article. Un passant avait tenté de le relever et avait appelé une ambulance. À l'époque, ces deux morts presque simultanées ne m'avaient inspiré aucune méditation particulière. Pas plus que la phrase d'excuse que Maillot avait eu la force de murmurer à celui qui lui était venu en aide : « Mon pauvre ami, je deviens vieux. »

Minuit et demi. Les autres, en bas, avaient éteint leurs projecteurs et rangeaient le matériel dans un camion stationné un peu plus haut, rue de Courcelles. J'ai attendu une dizaine de minutes environ et j'ai descendu l'escalier. Je ne voulais pas que Tintin Carpentieri me voie sortir de l'immeuble. J'ai entrebâillé la porte cochère et je me suis glissé dans la rue. Leur groupe se tenait maintenant devant l'entrée de la pagode mais ils me tournaient le dos.

J'ai traversé la rue d'un pas rapide et sur le trottoir j'ai pris l'allure paisible d'un promeneur.

Il était assis à la table que nous occupions la veille au soir. Il portait une chemise bleu ciel dont il avait retroussé les manches. Son visage était inondé de sueur. Il m'a souri. Je me suis assis en face de lui.

— Quelle chaleur... Je suis idiot... J'ai déjà bu deux bières...

Il sortait un mouchoir dont il s'épongeait le front.

— J'avais peur que vous ne veniez pas... Vous habitez loin ?

— Dans un hôtel de la rue de Castiglione.

— Je suis tellement content de vous voir... Vous prenez quelque chose ?

Il se retournait et cherchait des yeux le garçon. En vain. Là-bas, le comptoir était désert. Personne d'autre que nous dans ce café.

— Je crois qu'ils nous ont oubliés mais cela n'a aucune importance...

Cette chaleur, ce silence, ce café désert, la lumière blanche que les néons déversaient sur nous... Un rêve ?

— Vous voulez boire un peu de ma bière ?

Il me désignait le bock à moitié vide d'un air inquiet, comme s'il avait peur que je lui fausse compagnie et qu'il voulait à tout prix me retenir.

— Non merci.

— Une cigarette ?

— Non merci.

Les reflets des néons jouaient sur son visage rose, sa houppe d'un blond doré et sa chemise bleu ciel. Trop de couleurs vives. Des gouttes de sueur s'immobilisaient un instant au bord de son menton et je surveillais leur chute sur la table. Il alluma une cigarette.

— Comment s'appelle le film que vous tournez ?

Il hésita un moment.

— Le titre ? Ah oui... *Rendez-vous de juillet*...

— Mais il y a eu déjà un film qui s'appelait comme ça...

— Oui, mais ils ne sont au courant de rien... Il faudrait leur donner des leçons... Le metteur en scène ne connaît même pas le nom de Georges Maillot...

Il aspira une grande bouffée et se pencha vers moi.

— Ce que je voulais vous dire hier soir est très important... Maillot n'est pas mort...

Il avait prononcé les derniers mots d'une voix lente. Il souffla et nos deux têtes furent enveloppées d'un nuage de fumée.

— Je ne plaisante pas... Vous verrez Maillot cette nuit...

Il m'effrayait, brusquement.

— Ça va vous causer un drôle de choc... Moi aussi la première fois... Il n'a pas beaucoup changé...

Je serrai le poing pour me donner du courage et prenant le ton de celui qui parle à un fou et ne veut pas le contrarier :

— Mais alors... Où est-il ?

— À Paris. Tout près d'ici. Vous le verrez dans quelques minutes.

— Et vous êtes sûr que c'est lui ?

— Évidemment. Sinon je n'oserais pas vous en parler. On ne plaisante pas avec ces choses-là. Surtout moi... J'ai toujours détesté les histoires de fantômes et de tables tournantes...

En prononçant ces paroles il était tout à fait calme et sensé. Et même il m'a souri.

— Il fallait bien qu'un jour j'en parle à quelqu'un qui connaissait Maillot...

Sa voix était de plus en plus douce, presque un chuchotement. Mais, à l'instant de monter dans sa voiture, j'éprouvai une inquiétude qui s'accrut à mesure que nous roulions vers une destination inconnue de moi. Il prenait les virages d'une drôle de façon et brûlait les feux rouges...

Nous attendions, assis à l'une des rares tables d'un bar étroit du début de la rue Vignon. Carpentieri avait choisi la place la plus proche de la vitre. Il guettait le passage de quelqu'un, dans la rue.

— C'est toujours entre une heure un quart et une heure et demie du matin, me dit-il.

L'horloge, sur le mur du fond, marquait une heure vingt-trois.

— Si vous voyez s'arrêter une Lancia Flaminia blanche...

Il alla chercher un paquet de cigarettes au comptoir. Je ne me rappelais plus très bien la forme de ces Flaminia mais cela n'avait aucune importance. Le blanc est une couleur voyante, dans la nuit.

À peine s'était-il rassis à la table qu'une voiture blanche s'arrêta à hauteur du café, le long du trottoir d'en face.

— C'est lui... c'est lui... souffla Carpentieri.

Il me poussa hors du café. Mon cœur battait très fort car je croyais que nous allions traverser la rue et qu'il se pencherait vers le conducteur de la Lancia. Et que ferais-je si nous étions vraiment en présence de Georges Maillot ? Mais il m'entraîna jusqu'au coin de la rue et du boulevard de la Madeleine, là où il avait garé sa voiture à lui. Il m'ouvrit la portière.

— Montez.

Nous étions l'un à côté de l'autre, Carpentieri au volant. La sueur dégoulinait toujours de son menton.

— Vous voyez... Il reste stationné là...

À une dizaine de mètres devant nous, l'arrière de la Lancia étincelait et m'éblouissait les yeux.

— Je ne comprends pas très bien pourquoi il attend... Une nuit je l'ai vu embarquer une fille qui sortait du café...

— C'est peut-être la même qu'il attend...

— Peut-être.

— Mais il ne sort jamais de la voiture ?

— Jamais ici.

Trois filles, qui arpentaient le trottoir un peu plus haut, s'étaient approchées de la Lancia et maintenant elles tournaient autour d'elle, lentement, comme dans une ronde enfantine.

— Et vous n'êtes jamais allé lui parler ?

— Jamais.

— Pourquoi ?

Il ne voulait pas me répondre. Il appuya sur le bouton de la radio d'un geste sec et la musique d'un orchestre nous parvint, à moitié étouffée par un grésillement de parasites.

70

— Alors, nous allons attendre là ?

— Oui, nous allons attendre là.

Du poignet, il s'essuya le menton et me tendit son paquet de cigarettes.

— Non merci.

— Moi non plus, je n'ai pas envie de fumer.

Là-bas, les filles s'écartaient de la voiture.

— Ça y est... Il repart...

Carpentieri attendit que la Lancia eut tourné au coin de la rue de Sèze, pour démarrer à son tour.

— Il va vous semer, lui dis-je.

— Non... non... Je connais son itinéraire par cœur...

La Lancia s'engageait dans le boulevard Malesherbes et son allure était de plus en plus lente.

— Il y a des moments où il fait presque du sur-place, me dit Carpentieri. Alors, je le double et je l'attends au carrefour suivant.

Le boulevard était désert, comme le jour où je venais de l'aéroport et traversais Paris pour la première fois depuis vingt ans. Et cette Lancia blanche qui avançait le long des façades éteintes me causait le même sentiment de désolation que j'avais éprouvé cet après-midi-là. Elle suivait maintenant le boulevard de Courcelles.

— Quelquefois il s'arrête le long de ce trottoir... du côté des grilles du parc Monceau... On va voir s'il le fait aujourd'hui...

Mais non. Il continuait son chemin par l'avenue de Wagram.

— La première fois, j'ai failli le perdre ici, à cause d'un feu rouge... Mais maintenant je suis tranquille... Il ne change jamais d'itinéraire...

71

Nous étions presque à la hauteur de la rue Troyon. La Lancia allait-elle s'y engager et s'arrêter au 1 bis devant l'hôtel ? Nous nous retrouverions dans le hall, Georges Maillot, Albert Valentin et moi. Et tout recommencerait. Comme avant. Mais nous dépassâmes la rue Troyon. Nous arrivions place de l'Étoile.

— Là, il risque de faire plusieurs fois le tour de la place, me dit Carpentieri. Il faut vous armer de patience... Une nuit j'ai tourné, comme ça, quatorze fois de suite derrière lui...

Il se tenait à une vingtaine de mètres de la Lancia comme s'il craignait d'attirer l'attention du conducteur. À cette heure-là, il n'y avait plus que lui et nous qui roulions sur la place de l'Étoile. Je finissais par me demander si quelqu'un était au volant de cette Lancia, car j'avais beau écarquiller les yeux, je ne distinguais pas l'ombre d'un homme.

— Vous êtes sûr qu'il est dans cette voiture ?

— Évidemment.

À moi, ça m'avait plutôt l'air d'une Lancia fantôme qui n'en finirait jamais de glisser à travers ce Paris nocturne et mort.

— Eh bien, nous avons de la chance. Il ne fait qu'un tour de piste.

La Lancia commençait à descendre l'avenue d'Iéna.

— Et c'est la même chose toutes les nuits ?

— Non. Quelquefois, il disparaît pendant une quinzaine de jours.

— Parce que vous le suivez toutes les nuits ?

— Presque. J'essaie d'être le plus souvent au rendez-vous.

72

Il avait prononcé « rendez-vous » d'une voix triste qui rencontra un écho chez moi. Je pensais au titre de son film : *Rendez-vous de juillet*. Nous étions en juillet. Il faisait chaud. Les gens étaient partis en vacances. Vingt ans avaient passé et je sillonnais, par une nuit d'été, cette ville absente. Moi aussi, sans très bien m'en rendre compte, j'étais revenu à Paris pour un rendez-vous de juillet.

— Mais qu'est-ce qui vous prouve qu'il s'agit bien de Maillot ?

Il haussa les épaules.

— Vous voulez vérifier ?

Il appuya brusquement sur l'accélérateur et nous laissâmes la Lancia derrière nous pour nous arrêter un peu plus loin sur l'avenue, à la lisière de la place des États-Unis.

— Maintenant, vous allez faire attention... Il va passer à côté de nous... Il roule assez lentement... Vous aurez le temps de le voir...

Je collais mon front à la vitre.

— Surtout faites bien attention...

Un profil glissa à quelques centimètres de moi. Un profil régulier qui aurait pu être celui de Georges Maillot, mais surmonté d'un casque de cheveux blancs. Il portait un imperméable blanc, lui aussi, au col rabattu. Puis la Lancia continua de descendre l'avenue, devant nous.

— Alors ? Vous l'avez reconnu ? me demanda Carpentieri.

— Oui.

Je ne voulais pas le décevoir.

— Pourtant, Georges n'avait pas de cheveux blancs...

— Il n'en avait pas. Mais maintenant...

Il poussa un soupir.

— C'est comme moi... Vous trouvez que je ressemble encore à Tintin ?

Nous avions repris notre filature. Une autre automobile allait bientôt nous suivre elle aussi. Puis une seconde. Une troisième. Oui, un cortège allait se former pour on ne savait quelles funérailles ou quel pèlerinage.

— Qu'est-ce qui vous fait rire ? me demanda Carpentieri.

— Rien.

Maintenant, la Lancia suivait l'avenue du Président-Wilson.

— Il s'arrête souvent ici... Devant les grilles de Galliera...

Mais non. La Lancia continuait son chemin.

— Vous avez de la chance... Cette nuit, il ne s'arrête nulle part...

Elle tournait autour de la place d'Iéna et prenait l'avenue Pierre-Ier-de-Serbie. Nous passions devant la *Calavados* où Carmen m'emmenait souvent, vers quatre heures du matin. Elle avait peur de rentrer chez elle et nous y retrouvions des gens qui, comme elle, ne voulaient pas se résoudre au sommeil. C'est à la *Calavados*, qu'une nuit, Carmen m'a présenté Rubirosa. C'est là que j'ai rencontré pour la première fois les Hayward et j'avais été frappé — chose curieuse — par la beauté et la distinction de ce couple. C'est là qu'ils venaient de plus en plus nombreux à notre table, près de l'orchestre mexicain — Mario P. Sierra Dalle, Ludo Fouquet, Favart, Andrée Karvé et tant d'autres, et j'avais peur que Carmen ne fasse plus attention à moi, qu'elle m'oublie parmi ces gens, et que je la perde pour toujours...

— À quoi vous pensez ? m'a demandé Carpentieri.

— À rien.

Je pensais que derrière cette voiture blanche, nous prenions maintenant le même chemin que celui que je suivais à pied, au lever du jour, quand je l'accompagnais de la *Calavados* jusque chez elle. Avenue Montaigne. Place de l'Alma. Je n'avais pas eu le temps d'apercevoir les fenêtres du côté de la rue Jean-Goujon, je n'avais vu que le grillage qui protégeait le petit jardin, à la proue de l'appartement. Aucune lumière. Carmen avait dû quitter cet endroit depuis longtemps. Qu'était-elle devenue ? Je n'osais le demander à Tintin. D'ailleurs, si l'on en croyait sa déposition, il n'avait pas très bien connu Carmen. J'ai quand même décidé de tenter ma chance, et après m'être raclé la gorge :

— Maillot avait une amie qui habitait l'appartement du rez-de-chaussée, derrière la grille...

— Ah bon ?

— Vous ne la connaissiez pas ?

— Non.

J'étais sûr de sa réponse. Personne ne répond jamais aux questions qui vous tiennent à cœur. Mais cela n'avait aucune importance : je pouvais trouver par moi-même ce qu'était devenue Carmen. Non, je n'avais pas besoin de ce vague comparse pour me renseigner.

— Maillot connaissait tellement de femmes... me dit-il.

Je finissais par m'y perdre.

Nous remontions l'avenue Montaigne derrière la Lancia.

— On a écrit dans les journaux qu'il était mort avenue Montaigne, lui dis-je.

75

— C'est ce qu'on a écrit... Mais ce n'est pas la vérité...

Tintin s'était arrêté presque au bout de l'avenue, à la hauteur de l'ancien garage. La Lancia s'éloignait lentement de nous, traversait le Rond-Point et s'engageait dans l'avenue Matignon.

— Vous allez le perdre, lui dis-je.

— Il va reprendre l'avenue Montaigne dans l'autre sens... Alors, nous pouvons l'attendre ici...

— Je suis fatigué... J'ai envie de rentrer à mon hôtel.

— Vous ne pouvez pas nous laisser tomber...

Il avait levé la tête vers moi, avec une expression de désarroi.

C'était vrai. Je ne pouvais pas les laisser tomber. Maintenant que j'avais mis le doigt dans l'engrenage, il m'était impossible de faire machine arrière. Et cette grosse tête joufflue, ces yeux inquiets me serraient le cœur.

— Vous comptez le suivre pendant combien de nuits encore ?

— Je ne sais pas... Je suis insomniaque... Alors, ça ne me dérange pas.

— Mais il faudrait quand même que vous vous décidiez à lui parler...

— J'ai essayé, me dit-il, d'une voix sourde.

De nouveau, il leva son visage fripé vers moi.

— Il n'entend rien... Il est complètement raide à son volant... comme du bois... Il se tient très droit... la tête haute... Un véritable somnambule...

Il ouvrit la boîte à gants.

— Une nuit où il s'était arrêté devant Galliera, je suis sorti de la voiture et j'ai pris des photos de lui... Avec un appareil Instamatic... Si vous voulez les voir...

Il alluma le plafonnier et me tendit deux photos. Sur celles-ci je ne distinguais que la portière blanche de l'automobile, et dans l'encadrement de la vitre le col blanc rabattu de l'imperméable. Tout le reste était noir.

— Ça ne m'a pas avancé à grand-chose, me dit-il.

Mais déjà la Lancia réapparaissait au seuil de l'avenue Montaigne et roulait vers nous. Carpentieri attendit un moment pour faire demi-tour.

— Nous allons le suivre encore longtemps ?

— Non... ne vous inquiétez pas... C'est bientôt fini...

Il avait pris un ton pincé, comme si j'avais proféré un sacrilège.

— Je comprends que cela peut paraître fastidieux à quelqu'un qui n'était pas vraiment un intime de Georges Maillot.

— Je l'étais.

— Pas autant que moi.

Je préférai ne rien répondre.

Place de l'Alma. Je n'ai pu m'empêcher de jeter de nouveau un regard vers l'appartement de Carmen. Tout était noir. La petite place avec son banc, la grille, les fenêtres, la pierre de l'immeuble. Sauf le feuillage de l'arbre du jardin où brillait un reflet vert. Je me suis rappelé mon arrivée ici, la première fois. Je venais de la gare de Lyon. La traversée de Paris au printemps et cette impression, jamais plus éprouvée depuis, que la vie commençait pour moi...

Nous suivions le cours Albert-Ier puis le cours la Reine. La Lancia blanche roulait au milieu de la chaussée, mais cela n'avait pas d'importance : aucune voiture ne venait dans l'autre sens. Le cours la Reine était une grande allée

77

forestière au bout de laquelle on ne savait pas sur quoi on allait déboucher. La mer ?

À la hauteur de la statue du roi Albert Iᵉʳ, la Lancia a fait demi-tour. Pelouse bordée de platanes. Je venais quelquefois m'y promener la nuit avec Carmen. Ou tout seul. Je me penchais par-dessus le parapet du quai pour contempler le Port de Paris et les navires à l'ancre.

— Notre dernier tour de piste, m'a dit Tintin d'une voix lugubre.

Nous nous engageâmes sur le pont Alexandre-III à la suite de la Lancia, mais Tintin s'arrêta au milieu du pont et coupa le moteur. La Lancia s'éloigna de nous et sa carrosserie blanche disparut au tournant du quai d'Orsay.

— Voilà... c'est fini...

— Vous ne le suivez jamais plus loin ?

— Si... Il longe les quais, jusqu'au pont du Garigliano... Porte de Saint-Cloud il prend l'autoroute de l'Ouest... Et là, il roule pendant une heure environ... Ensuite il fait demi-tour en direction de Paris... Ça peut durer des heures et des heures comme ça...

— Et vous ne savez pas où il habite ?

— J'ai l'impression que c'est quelque part entre Saint-Cloud et Suresnes... Au Val d'Or... Il me sème toujours du côté du Val d'Or...

Sa tête s'affaissa.

— Vous ne voulez pas prendre un peu l'air ? lui dis-je.

— Oui.

Nous sortîmes de la voiture et je vins m'accouder au parapet du pont. J'éprouvais un grand vide, brusquement. Elle me manquait, cette Lancia blanche.

J'avais toujours aimé la vue qui s'offrait de ce pont. À droite, le Trocadéro et les immeubles étagés de Passy derrière lesquels j'imaginais les parcs en pente et les chalets d'autrefois. Et de l'autre côté, les lumières de la Concorde. Et la Seine aux reflets rouges et argentés. Il faisait moins chaud ici et l'air était plus léger à respirer. L'un des réverbères du parapet de bronze verdi éclairait le visage de Carpentieri, debout à côté de moi. Ce visage, sous la lumière jaune, me paraissait plus lourd et plus fripé que tout à l'heure. Les lèvres se serraient dans une expression boudeuse et les sourcils se fronçaient comme s'il allait pleurer. Il restait silencieux. Il n'avait pas besoin de me donner d'explications. Je comprenais tout. Il doit être très difficile, passé un certain âge, de ressembler à Tintin.

Il s'est arrêté rue de Rivoli. Je lui ai serré la main.

— On pourrait se revoir, lui ai-je dit.

— Si vous voulez... Nous tournons encore le film pendant quinze jours au même endroit... Vous savez où me trouver...

— Et même, je pourrais vous accompagner encore une fois à la poursuite de la Lancia...

Mais je regrettais aussitôt d'avoir employé un ton de légère ironie.

— Comme vous voudrez, m'a-t-il dit sèchement. Moi, en tout cas, pour le moment, je suis la voiture de Maillot toutes les nuits... Ça m'occupe...

— À bientôt.

— À bientôt. Si vous ne me trouvez pas au tournage, vous me laissez un mot au nom de Tintin Carpentieri.

Il démarra sur les chapeaux de roue. Il ne m'avait même pas demandé quel était mon nom à moi, ni mon adresse.

Un café était ouvert, sous les arcades. Je me suis assis au bar. Il faisait jour et une brume de chaleur enveloppait déjà la rue et le jardin des Tuileries. J'avais soif. J'ai commandé une bouteille d'eau minérale.

Je ne ressentais pas encore les effets de la fatigue. J'étais comme un voyageur qui vient d'arriver à destination et s'étonne de ne plus être secoué par les cahots du train.

À l'hôtel, j'ai voulu attendre dix heures pour téléphoner à ma femme, mais je me suis endormi tout habillé sur le lit. Je ne me suis réveillé qu'au début de l'après-midi. En sueur. J'ai demandé qu'on me donne le 01 13 24 à Klosters. C'est Miss Mynott qui m'a répondu.

— Les enfants sont partis en pique-nique avec leur maman, Monsieur.

— Tout va bien ?

— Tout va bien. Les enfants sont en pleine forme.

— Et ma femme ?

— Madame a l'air tout à fait bien. Est-ce que je dois lui dire quelque chose de votre part ?

— Vous lui direz que je la rappellerai ce soir.

— Très bien, Monsieur.

— Je ne sais plus si elle a le numéro de téléphone de mon hôtel, mais de toute manière je la rappellerai moi-même.

— Je voulais que vous sachiez que, le soir, les enfants ne regardent plus la télévision.

— J'en suis très heureux.

— Moi aussi.

— Et quel temps avez-vous ?

— Du soleil.

— Il ne fait pas trop chaud ?

— Oh non... très frais.

— Vous avez de la chance. Au revoir, Miss Mynott.

— Au revoir, Monsieur.

J'ai raccroché et ce simple geste m'a jeté dans un désarroi passager. Si loin de la fraîcheur de Klosters, il me semblait brusquement que je barbotais, moi, dans des eaux tièdes et croupies.

J'avais beau feuilleter le dossier, je ne trouvais aucun procès-verbal d'interrogatoire de Georges Maillot. Mais à la page 21 je tombais sur une « note » le concernant.

— 9 juillet 1965 —

Monsieur Maillot Georges, Louis, né le 21 juillet 1920, à Paris (Xᵉ), a épousé le 12 mai 1960 à Rome (Italie) Maria Giovanna Piestri, née le 15 septembre 1935 à Rome (Italie).

Il est domicilié depuis 1960 à l'adresse suivante : Ara Coeli 5 (Rome) — (Italie).

Monsieur Maillot, lors de ses fréquents séjours à Paris, habite l'hôtel Triumph, 1 bis rue Troyon (17ᵉ).

M. Georges Maillot débuta en 1941, à Paris, dans la

carrière cinématographique. Auparavant il avait exercé divers « petits métiers » sur la côte d'Azur. Par la suite, il tourna plusieurs films tant en France qu'en Italie, mais abandonna le cinéma dans les années 50.

Depuis, on suppose que ses revenus viennent du courtage des meubles anciens et des objets d'art. Sa femme jouit d'une grosse fortune en Italie.

M. Maillot connaît depuis 1945 Mme Carmen Blin qui n'était pas encore mariée avec M. Lucien Blin et s'appelait alors Carmen Chauvière.

Il est souvent reçu chez elle, cours Albert-Ier. Il connaît parfaitement Fouquet, Jean T., Favart, Mario P., Mme Karvé, Philippe et Martine Hayward, toutes relations de Mme Carmen Blin.

À l'hôtel Triumph, 1 bis rue Troyon, habitait également le nommé Jean Dekker que Maillot connaissait très bien lui aussi et qui était un intime de Madame C. Blin.

Cette fois-ci, ils ne filmaient pas la scène de l'entrée de la pagode, mais ils s'étaient tous déplacés rue Rembrandt, au fond, et les projecteurs éclairaient les grilles du parc Monceau. Je me suis approché d'eux, sur la pointe des pieds. L'homme aux cheveux gris en brosse s'appuyait contre les grilles et criait :

— Hélène... Hélène !... Hélène !... tandis qu'une ombre venant du parc débouchait dans la zone de lumière : un Japonais de haute taille, en imperméable bleu marine à épaulettes dorées. Il se dirigeait vers l'homme aux cheveux gris en brosse et bientôt ils n'étaient plus séparés que par la grille.

— Hélène n'est plus là, disait le Japonais en détachant bien les syllabes sur un ton de récitatif. Ne l'appelez pas, elle ne répondra plus...

— Salaud !...

Cette insulte claquait comme un drapeau sous le vent du large. Alors, le metteur en scène levait le bras et il fallait recommencer.

J'ai profité d'une interruption entre deux prises de vues pour me mêler à leur groupe mais aucun d'eux ne paraissait remarquer ma présence, comme si je faisais partie de l'équipe. Je n'osais pas aborder le metteur en scène, à quelques pas de moi, qui se rongeait pensivement les ongles. Une femme brune aux cheveux courts consultait un dossier en annotant de temps en temps une page au crayon. Je me suis dirigé vers elle :

— Je viens voir Tintin Carpentieri, bredouillai-je. Vous ne savez pas s'il est là ?

— Tintin ? Non... Il n'est pas là...

— Mais où pourrais-je le joindre ?

— Demandez à Caro...

Elle me désignait d'un geste vague un petit homme brun au visage rond dont les projecteurs éclairaient vivement les lunettes à monture d'écaille et les espadrilles bleu marine. Il interpellait tous ceux qui passaient à proximité de lui. Des ordres ? Des conseils ?

Je lui tapai sur l'épaule.

— Vous ne savez pas où est Tintin Carpentieri ?

— Carpentieri ? Il est absent depuis trois jours.

— Pourquoi ?

— Demandez-le-lui !

— Mais je croyais qu'il travaillait tous les jours ici...

— Je suis une bonne poire... J'ai voulu le repêcher une dernière fois... Mais maintenant j'ai compris... Il n'y a rien à faire avec un type comme Carpentieri...

Je demeurai hébété devant lui, et comme je suis de haute taille et qu'il m'arrivait à mi-buste, il se recula pour prendre du champ et me fixer d'un regard peu amène.

— Si vous êtes un ami de Carpentieri, vous lui expliquerez ceci de ma part : Il est définitivement brûlé... dé-fi-ni-ti-ve-ment... Plus personne ne l'engagera... Je vais lui faire une excellente publicité...

— Vous pouvez peut-être me donner son numéro de téléphone ?

— Vous n'avez qu'à chercher dans l'annuaire...

C'était sans appel. Il avait esquissé un geste pour m'écarter de lui. Il ne faisait plus du tout attention à moi.

J'ai traversé la rue de Courcelles et j'ai regagné l'appartement de Ghita Wattier. J'avais laissé les lustres allumés et les fenêtres ouvertes, selon ses recommandations. La chaleur envahissait peu à peu cet endroit qui m'avait paru, la première fois, aussi frais qu'une grotte. J'ai fouillé toutes les pièces à la recherche d'un annuaire et j'en ai trouvé un dans la chambre où Ghita avait rangé les archives de Rocroy.

Carpentieri Robert, 5 bis rue Brunel. 762-32-49. C'était la même adresse que celle qui figurait dans le dossier. Et à Paris, il n'y avait sans doute qu'un seul Robert Carpentieri.

J'ai composé le numéro. Un déclic. Et une voix de femme, de celles qui annoncent les départs et les arrivées dans les aéroports :

« Il n'y a plus d'abonné au numéro que vous avez demandé. »

Bien sûr, je pouvais de nouveau demander au petit gros, en bas, le numéro de téléphone exact de Tintin. Et s'il m'accablait de son mépris, me renseigner auprès de l'un ou l'autre membre de l'équipe du film. Je pouvais aussi me présenter au 5 bis de la rue Brunel. Mais je savais d'avance que je n'en ferais rien et que je me contenterais d'écouter cette voix douce et glacée, qui répéterait jusqu'à la fin des temps : « Il n'y a plus d'abonné au numéro que vous avez demandé. »

C'est important pour quelqu'un comme moi d'entendre de telles choses. Ça fait travailler l'imagination.

J'ai éteint la lampe et je me suis couché sur le canapé du salon. De temps en temps, une voiture freinait brutalement au feu rouge de la rue de Courcelles, puis repartait en trombe. Et tout retombait dans le silence.

Je regardais les ombres au plafond, comme dans la chambre de l'hôtel Triumph, vers sept heures du soir. J'avais vingt ans, j'étais allongé, les yeux grands ouverts, et je me demandais quel serait le cours qu'allait prendre ma vie. Plus tard, dans la chambre d'Hammersmith, où j'avais commencé mon premier livre, c'étaient les mêmes ombres, au plafond. Je ne dormirai pas, cette nuit. Il fait trop chaud et puis ce silence de Paris... Je ferme les yeux et une voiture blanche ne cesse de glisser dans ma tête. Si blanche le long des rues et des façades noires.

Le jour va bientôt se lever. Je serai soulagé quand le

soleil chassera les ombres du plafond. Déjà ses premiers rayons se posent sur les lattes du parquet et sur les livres de la bibliothèque de Rocroy. C'est rassurant, toutes ces rangées de livres qui brillent au soleil. Et la pagode, en face, ocre dans la brume bleue. Et Paris, très tôt, un matin de juillet. Oui, je suis soulagé maintenant. Je sais ce qu'il me reste à faire. Comment n'y ai-je pas pensé plus tôt ?

Et cela m'a paru naturel de composer le 01 13 24 à Klosters dans cet appartement de Rocroy qui était associé pourtant à toute une partie, déjà si ancienne, de ma vie. Oui, naturel. Peut-être à cause du soleil qui entrait à flots dans la chambre, ce matin-là. Ou de la résolution que j'avais prise. Je me sentais le cœur léger. Et si le passé et le présent se mêlaient ? Pourquoi n'y aurait-il pas, à travers les péripéties en apparence les plus diverses d'une vie, une unité secrète, un parfum dominant ?

— Madame dort.

J'ai reconnu la voix ensommeillée de Miss Mynott.

— Je vous réveille, Miss ?

— Non... non... pas du tout, Monsieur.

— Comment vont les enfants ?

— Très bien, Monsieur. Ils ont une mine magnifique.

— Et ma femme ?

— Comme toujours, elle est ravie d'être à Klosters.

— Elle ne s'ennuie pas trop ?

— Non... non... Elle voit vos amis. Ils sont tous là. M. Irwin Shaw va venir déjeuner tout à l'heure.

— Vous le saluerez de ma part.

Shaw était le seul confrère avec lequel j'entretenais des liens d'amitié.

— Vous direz à ma femme que je reste encore une quinzaine de jours à Paris. Et que je vais lui écrire une lettre pour lui en expliquer les raisons.

— C'est dommage, Monsieur. Il fait si beau à Klosters... Et les enfants s'ennuient un peu de vous.

— Ne vous inquiétez pas. Je serai là dans quinze jours.

— Mais je ne m'inquiète pas, Monsieur...

En quittant la chambre de Ghita Wattier, j'ai rencontré mon visage dans une glace. Je ne m'étais pas rasé depuis longtemps. Peu importait si, au cours des jours qui allaient venir, je prenais l'apparence d'un clochard. Il faisait beau à Klosters, mais moi, je devais maintenant descendre au fond d'un puits pour chercher, à tâtons, quelque chose, dans l'eau noire.

Je suis sorti et j'ai suivi la rue de Courcelles. Le soleil tapait fort, mais loin de m'accabler, ses rayons me donnaient du courage. J'ai bu un café à une terrasse déserte du boulevard Haussmann. Par chance, j'ai trouvé une papeterie, à quelques pas de là. J'ai acheté trois blocs de papier à lettres grand format sans rayures. Et un stylo. Un simple feutre bleu floride.

Paris, le 9 juillet

Chère Katy,

Je préfère t'envoyer un mot que de te téléphoner. Peut-être n'aurais-je jamais dû donner rendez-vous à ce Japonais à Paris... Mais il ne s'agissait que d'un prétexte : après tant d'années, je voulais retourner dans cette ville qui a compté pour moi et la voir une dernière fois... J'y reste encore une quinzaine de jours, le temps d'écrire sur toutes les choses que Paris évoque pour moi et qui sont mes débuts dans la vie... Que tout cela ne t'attriste pas, ma chère Katy. Je t'embrasse. Embrasse les enfants de ma part. Et transmets mes amitiés aux Irwin Shaw.

Je t'aime

Ambrose.

De retour à l'appartement, j'ai commencé à écrire, les jambes repliées sur le canapé du salon, le bloc de papier contre mes genoux. J'ai laissé la porte-fenêtre ouverte. Il fait très chaud. Peu importe. Maintenant que j'en suis venu aux aveux, il faut que je replonge dans ces années lointaines.

Avant de devenir le romancier anglais Ambrose Guise, j'ai débuté dans la vie, en qualité de bagagiste. Oui. Bagagiste. C'est le seul métier — exception faite de celui d'écrivain — que j'aurai jamais exercé.

J'avais vingt ans et je passais quelques jours de vacances en Haute-Savoie dans une station de sports d'hiver, vacances qu'il me faudrait bientôt interrompre : il me restait à peine de quoi payer mon ticket de retour. Pour quelle destination, j'aurais été bien incapable de le dire.

La neige m'avait surpris sur la route de Rochebrune, et comme on ne voyait pas à un mètre devant soi je m'étais réfugié dans le hall du premier hôtel. Ce hall était noyé de pénombre à cause d'une panne d'électricité, et le concierge avait posé sur le bureau de la réception une torche électrique qu'il prenait de temps en temps pour chercher derrière lui, au fond d'un casier, la clé ou le courrier d'un client. C'était l'heure incertaine que je connaissais bien à Paris : l'obscurité descend peu à peu, mais les réverbères ne sont pas encore allumés, et les masses des immeubles se découpent sur le ciel, comme se découpaient, en cette fin d'après-midi-là, les silhouettes des clients qui traversaient le hall ou se tenaient immobiles sur les fauteuils de cuir. Et je ne peux m'empêcher, à l'instant où j'écris ces lignes de penser : non, ce n'est sans doute pas un hasard d'avoir rencontré pour la première fois Carmen à cette heure-là. S'il est une heure particulière de la journée qui peut vous évoquer quelqu'un, pour moi Carmen restera toujours associée à ce moment délicat et poignant où le jour tombe.

Je m'étais assis dans un coin, tout près de la réception. J'ai entendu le concierge dire :

— Mais bien sûr, madame... Tout de suite, madame... tout de suite... avec un empressement qui m'a étonné et qui tranchait sur sa manière sèche de répondre aux autres clients.

Puis il a pris le téléphone.

— Allô... Je voulais savoir si la voiture était prête pour Mme Blin...

Il a raccroché.

— Il n'y a plus aucun problème, madame Blin.

Alors, mes yeux se sont posés sur cette Mme Blin, qui me tournait le dos et s'appuyait nonchalamment du coude au comptoir de la réception. La torche du concierge éclairait ses cheveux blonds. Elle portait une veste de fourrure beige. Elle n'était ni grande ni petite. Son visage a légèrement oscillé dans ma direction, et grâce au faisceau lumineux de la torche, j'ai remarqué son air soucieux. Elle ne semblait pas avoir plus de trente-cinq ans.

— Je n'ai pas encore trouvé de solution satisfaisante pour vos bagages, madame, a dit le concierge.

— Qu'est-ce que je vais faire ?

Le ton désespéré me surprit. À quel drame étaient liés ces bagages ?

— Pas avant quatre jours, madame.

— Je suis sûre que vous allez faire un petit effort pour moi.

— Je le voudrais bien, madame. Mais c'est impossible.

— Impossible ? Pourquoi ?

— J'ai même pensé vous les convoyer moi-même jusqu'à Paris. Mais je ne peux pas m'absenter d'ici une seule minute. Surtout en ce moment... Tout va mal... Nous avons des coupures d'électricité et le chauffage ne marche plus depuis ce matin...

En effet, le froid était tel dans ce hall que les clients gardaient leurs manteaux ou leur tenue de ski. Certains, même, s'étaient enveloppés d'un plaid. L'un des chasseurs avait commencé à disposer des bougies sur les tables basses, tandis que le maître d'hôtel, un grand plateau à la main, servait les consommations.

— Le chauffage de cet hôtel ne m'intéresse pas. La seule chose qui m'intéresse, ce sont mes bagages...

— Je le comprends bien, madame.

— Et il faut que vous me trouviez une solution tout de suite. Je compte sur vous.

— Je vais faire tout mon possible, madame Blin.

Elle avait croisé les bras sur le comptoir et redressé la tête dans une attitude studieuse. Ainsi, Mme Lucien Blin se tenait à quelques mètres de moi. Il suffisait d'une enjambée pour la rejoindre, mais la distance me paraissait infranchissable. Elle allait quitter la réception et disparaître, et je resterais pétrifié sur ce fauteuil en pensant à ce vieux livre que j'avais découvert à Paris dans la salle commune du Val de Grâce, quand j'y avais été hospitalisé, l'automne dernier. Un livre à couverture jaune sale où se détachaient les caractères rouge grenat du titre : *Comment ils ont fait fortune*, et en bleu marine le nom d'hommes de la trempe de Sir Basil Zaharoff ou du Commodore Drouilly. L'un des chapitres était consacré à Lucien Blin : sa naissance dans une lointaine province, son arrivée à Paris, son ascension fulgurante, la chaîne d'hôtels, le circuit des salles de spectacles, le haras de Varaville... Sa femme qu'il avait épousée juste après la guerre et qui aurait pu être sa fille. Il y avait même une photo de Mme Lucien Blin, toute jeune, les cheveux blonds comme aujourd'hui, entre Blin et l'un des jockeys de l'écurie de son mari, qui venait de remporter une course. La mort accidentelle de Blin, une nuit, sur la route de Varaville... L'auteur de cet ouvrage utilisait des phrases de romans d'aventures : « Lucien Blin était arrivé à un carrefour de sa vie. Quelle route allait-il choisir ? » ou « L'amour allait désormais prendre une place de plus en plus grande dans la vie de Lucien Blin », ou : « — C'est votre dernier mot, Lucien Blin ? — Oui. Je ne reviens jamais sur mes décisions. » Au Val de Grâce, j'étais trop fatigué pour lire les bons auteurs.

— Le taxi sera ici dans un quart d'heure, madame.

— Et cela met combien de temps pour aller jusqu'à Genève ?

— Une heure... Vous n'avez rien à craindre... L'avion de Paris décolle à dix heures cinq.

— Oui, mais vous n'avez pas encore résolu mes problèmes de bagages... J'attends avec impatience votre solution...

— Vous me mettez vraiment dans l'embarras, madame Blin.

Pour se donner une contenance, il allumait puis éteignait la torche devant lui, sur le comptoir. Et moi, je crois que s'il n'y avait pas eu, ce soir-là, une panne d'électricité... La pénombre rendait les choses plus faciles.

J'ai marché jusqu'au bureau de la réception. Je me suis penché vers Mme Blin.

— Madame...

Elle s'est retournée. Le concierge a levé la tête.

— Voulez-vous m'excuser de mon indiscrétion... mais j'ai cru comprendre que vous vous faisiez du souci pour vos bagages...

J'étais étonné moi-même que les mots sortent nets, bien timbrés, de ma bouche.

— Si je peux vous être d'une aide quelconque...

Elle a pris la torche électrique sur le comptoir et l'a dirigée vers mon visage.

— Mais nous ne nous connaissons pas...

Le faisceau de lumière m'éblouissait et je m'efforçais de garder les yeux grands ouverts.

— Je rentre à Paris demain matin... Si vous le voulez, je peux vous aider pour vos bagages...

De nouveau mon ton catégorique me surprit, comme si c'était un autre que moi qui avait prononcé cette phrase.

— Vous accepteriez d'emporter mes bagages jusqu'à Paris ? a dit Mme Blin d'une voix douce.

— Mais bien sûr, madame.

— Il y a au moins une dizaine de valises...

Elle a posé la torche électrique, toute droite, sur le comptoir de la réception, de manière à nous éclairer tous les deux.

— Comment allez-vous vous y prendre avec une dizaine de valises ? Vous voyagez par le train ?

— Oui. Par le train de nuit.

— Je peux louer un compartiment supplémentaire pour y mettre les bagages, a proposé le concierge. À quel heure est votre train, monsieur ?

— Demain soir à six heures.

Il le notait sur une feuille.

— En quel classe voyagez-vous ?

— En seconde.

— Il serait préférable que vous voyagiez en première, monsieur. Je pourrais plus facilement louer un compartiment de première pour les bagages de Mme Blin.

— Comme vous voulez.

J'étais prêt à tout pour Mme Blin.

— Et vous m'apporteriez mes valises chez moi, à Paris ?

— Mais oui... c'est très simple...

— Est-ce que vous croyez qu'on peut lui faire confiance, Jean ?

Le concierge me considérait d'un œil froid. Il ne répondait rien.

— Moi, je crois qu'on peut lui faire confiance...

Elle avait mis une cigarette à ses lèvres. Je fouillai dans ma poche et j'eus la chance d'y trouver l'un de ces briquets bon marché qu'on appelle « cricket ». Elle se rapprocha de moi pour allumer sa cigarette. Je sentis le contact de son épaule. Et son parfum.

— De toute façon, il faut prendre des risques.

— Mais avec moi, vous ne prenez aucun risque...

J'avais peur, brusquement, qu'elle changeât d'avis.

— Vous êtes étudiant ?

— Non.

— Vous ne trouvez pas qu'il est curieux, ce garçon ?

— Curieux ? Pourquoi ?

Le concierge me dévisageait, sans la moindre aménité.

— Le taxi vous attend, madame.

Il s'apprêtait à la suivre, mais elle lui tendit la main.

— Non... Ne vous dérangez pas... Monsieur va m'accompagner... Au revoir, Jean...

— Au revoir, madame... Et ne vous faites pas de souci pour vos bagages... Je m'occuperai de tout avec monsieur...

Nous sommes sortis de l'hôtel, Mme Blin et moi. La nuit n'était pas encore tombée et il ne neigeait plus. Le taxi attendait dans un bruit de moteur diesel.

— Je ne reviendrai plus jamais ici, m'a-t-elle dit sur un ton de confidence. Ce chalet me fiche le cafard.

— Quel chalet ?

— Le mien.

Elle m'avait pris le bras car l'allée qui menait de l'hôtel à la route était recouverte d'une neige molle où nos pas s'enfonçaient.

Elle a demandé au chauffeur de taxi un crayon et un bout de papier.

— Je vous donne mon adresse et mon numéro de téléphone à Paris. Vous me téléphonez quand vous arrivez avec les bagages... Moi, je serai à Paris dès ce soir... Comment vous appelez-vous ?

— Jean Dekker. Avec deux K...

Elle le notait sur le papier qu'elle avait déchiré en deux. Et ses yeux clairs s'attardaient sur moi, comme si je provoquais chez elle un intérêt ou une curiosité, ou plutôt comme si elle me trouvait une ressemblance avec quelqu'un.

Elle me souriait encore derrière la vitre du taxi. J'ai suivi du regard la voiture jusqu'à ce qu'elle disparaisse au premier tournant. Et puis, comme j'avais l'impression de rêver, j'ai déplié le papier où il était écrit, noir sur blanc : « Carmen Blin. 42 bis, cours Albert-Ier. Trocadéro 15-28. »

Dans le hall de l'hôtel, la lumière était revenue. La torche électrique n'avait pas bougé de place, toujours bien droite sur le comptoir de la réception et le concierge avait oublié de l'éteindre.

— Alors, vous vous êtes mis d'accord avec Mme Blin ?

— Oui... Oui... tout est d'accord...

— Vous me tirez d'embarras... Elle demande quelquefois des choses si compliquées...

— Vous la connaissez depuis longtemps ?

— Depuis toujours, monsieur. J'ai travaillé pendant vingt ans dans les hôtels de son mari.

— Elle était bien la femme de Lucien Blin ?

— Évidemment. De qui d'autre voulez-vous qu'elle fût la femme, monsieur ?

— Excusez-moi. Blin est mort quand j'avais dix ans et je n'étais pas forcé de le connaître.

— Mais bien sûr, monsieur... Bien sûr. Je ne vous en veux pas... Vous êtes si jeune...

— Il avait une écurie de course, je crois ?

— Casaque verte, toque blanche...

Je me promettais bien de retenir ceci : casaque verte, toque blanche. Désormais ces deux couleurs ne pourraient se dissocier, dans mon esprit, des cheveux blonds de Carmen Blin.

Il se penchait vers moi.

— J'ai commencé à travailler pour Blin, à Varaville... Comme lad... Vous voyez, ça ne date pas d'hier... J'ai connu Blin avant qu'il se marie avec elle...

Il jetait des regards furtifs, de droite et de gauche. Peut-être craignait-il qu'on surprenne ses propos.

— J'aime beaucoup Madame, me dit-il à voix basse... beaucoup... Seulement, après la mort de Blin, elle a tout laissé aller en charpie... Ce n'est pas sa faute... elle aurait été incapable de s'occuper de l'écurie... ni de rien d'autre, d'ailleurs... Quand je pense que Varaville n'existe plus et que je suis concierge ici, dans les montagnes... Mais je ne lui en veux pas...

Sa peau fripée prenait une teinte rouge brique sous le coup de l'émotion ou de la colère. Je n'osais plus le questionner de crainte de réveiller chez lui des souvenirs trop douloureux. Il s'est redressé et a respiré un grand coup.

— Alors, je réserve un compartiment pour les bagages

de Mme Blin et une place de wagon-lit pour vous ? Dans le train de demain soir... C'est bien cela, monsieur ?

— Oui... seulement... je n'aurai pas assez d'argent pour...

— Ne vous inquiétez pas, monsieur... Mme Blin s'en chargera.

Il avait retrouvé, brusquement, la voix nette et la courtoisie un peu distante qui convenaient à sa fonction.

La camionnette s'était arrêtée devant le porche de l'hôtel. Une camionnette bâchée de vert. Le chauffeur attendait, assis sur le marchepied.

— Tu as bien pris tous les bagages du chalet Lucien Blin ? a demandé le concierge.

— Vérifie, mon vieux... vérifie, a dit le chauffeur, un blond bouclé, l'allure d'un ancien moniteur de ski.

Le concierge a sorti de sa poche une feuille de papier. Il s'est tourné vers moi.

— Elle a téléphoné cet après-midi pour me donner une liste complète des bagages... Voyons d'abord les bagages du chalet...

Il a braqué le faisceau de sa torche électrique à l'intérieur de la camionnette.

— Une malle-armoire... un grand sac de voyage en cuir marron... deux mallettes en crocodile... quatre valises beige clair... Un carton à chapeaux...

Il vérifiait au fur et à mesure sur la liste.

— Plus quatre valises toile et cuir qu'elle a laissées ici..

Elles étaient rassemblées devant la réception. Le concierge, le chauffeur et moi-même les avons chargées dans la camionnette.

Le concierge m'a tendu une enveloppe.

— Votre billet de train...

J'ai pris place à côté du chauffeur. Le concierge est monté sur le marchepied.

— Je ne sais pas comment vous allez vous débrouiller à la gare de Saint-Gervais... Il n'y a pas de porteur... Tu l'aideras, Henri ?

— On verra, dit le chauffeur.

— Bon voyage, a dit le concierge. Et mes salutations à Mme Blin.

Le chauffeur a démarré. Il tenait le volant d'une main et de l'autre me tendait un paquet de cigarettes.

— Elle voyage toujours avec autant de bagages, cette dame ?

— Je ne sais pas.

Mais oui, je ne savais rien. Sur cette route de montagne, j'allais vers l'inconnu.

Le train est resté en gare une dizaine de minutes. Je revois, comme sur une photo, le quai désert, la lumière jaune de la salle d'attente dont la porte est entrouverte. Et un peu plus loin, les deux ombres du porteur et du chauffeur de la camionnette, assises sur le chariot. Ils fument. Je baisse la vitre du compartiment et j'entends le murmure de leurs voix.

Et puis, le train s'ébranle doucement. Le jour n'est pas

encore tombé. Je contemple le paysage. Montagnes, scie-
ries, torrents, chalets, étendues blanches où déjà l'herbe et
le roc affleurent. J'avais passé plusieurs années de mon
adolescence dans un collège par ici et chaque fois que je
quittais la Haute-Savoie, j'éprouvais un léger serrement
de cœur. Salanches. Cluses. Aix-les-Bains. Le lac et les
pontons abandonnés. Et c'est en Haute-Savoie que je
viens de connaître Mme Lucien Blin. Personne dans le
couloir. Tout le wagon est vide. Je suis le seul passager de
ce train et je me demande vers quelle destin il m'entraîne.
Alors je tire la porte à glissière du compartiment et la
referme derrière moi. Je lève la tête et regarde un par un,
sous la veilleuse, les bagages de Carmen.

Je n'ai pas beaucoup dormi. Le train traversait en
trombe les premières gares de banlieue et je n'éprouvais
aucune fatigue. Villeneuve-Saint-Georges. Maisons-Al-
fort. À l'arrivée, gare de Lyon, j'ai pensé que ma vie allait
prendre un cours nouveau et j'ai regardé ma montre. Il
était sept heures vingt-cinq minutes du matin.

J'ai hélé deux porteurs. Ils ont eu beaucoup de mal
avec la malle-armoire.

— On vous les emmène à la station de taxis ?

— Oui... À la station de taxis, ai-je dit d'un ton mal
assuré.

Ils poussaient côte à côte leur chariot et moi je mar-
chais derrière eux de la même allure solennelle que la
leur. J'ai fouillé mes poches et rassemblé trente francs et
deux cent soixante-dix centimes. Je m'étais aperçu, la

veille, au moment où le train quittait Saint-Gervais, que j'avais perdu mon portefeuille.

Ils s'apprêtaient à décharger les bagages sur le trottoir, à la hauteur de la station de taxis.

— Excusez-moi... Vous ne pourriez pas les mettre dans un endroit plus tranquille ? ai-je bredouillé.

Alors, ils ont poussé de nouveau leur chariot le long de la gare jusqu'à l'entrée du restaurant *Le Train Bleu* et là, ils ont bloqué le battant de la porte à l'aide de l'une des mallettes de Mme Blin. Et tous deux ont placé les bagages au pied de l'escalier qui mène au restaurant. Je les ai payés et quand ils m'ont laissé seul, je me suis assis sur la malle-armoire qu'ils avaient déposée par terre, à l'horizontale.

Je n'avais plus que trois francs soixante-quinze centimes en poche. Impossible de convoyer tous ces bagages par le métro. J'ai traversé le restaurant désert. Au bar du fond, un garçon en veste blanche attendait les premiers clients. Je lui ai demandé un jeton de téléphone, et dans la cabine, j'ai fouillé la poche intérieure de ma veste, à la recherche du numéro de Mme Lucien Blin.

J'ai composé TRO 15-28, le cœur battant. Une voix d'homme a répondu.

— Pourrais-je parler à Mme Blin ?

— Madame dort.

Quelques secondes de silence. L'homme a fini par me demander :

— De la part de qui ?

— C'est au sujet des bagages de Mme Blin.

— Des bagages de Madame ?

Son ton s'était radouci.

— Oui... Des bagages de Madame... Je ne sais pas comment les apporter chez elle... Je n'ai pas de voiture... Je suis à la gare de Lyon...

— Vous êtes à la gare de Lyon ?

— Oui. Avec une dizaine de valises et une malle-armoire que Mme Blin m'a confiées aux sports d'hiver.

— Ecoutez... Je ne peux pas réveiller Madame...

— Alors, que dois-je faire ?

— Je vous envoie deux voitures, monsieur. Tout de suite. Deux voitures... Vous avez dit : à la gare de Lyon ?

— Oui. Devant le restaurant du Train Bleu.

Deux grosses voitures noires de louage. Elles se sont arrêtées l'une derrière l'autre et leurs chauffeurs en sont sortis dans un mouvement synchronisé, tous deux vêtus de costumes beiges.

Je les ai aidés à charger les bagages. Ils ont replié l'une des doubles banquettes arrière de la voiture la plus grande et y ont glissé la malle-armoire. J'admirais l'aisance avec laquelle ils transportaient les valises, comme si cela ne leur coûtait pas le moindre effort.

Je suis monté dans la voiture de tête, à côté du chauffeur. Il a démarré lentement, et l'autre voiture nous suivait à quelques mètres d'intervalle. Sur une plaque, collée au pare-brise, il était écrit : « Chauffeurs de France. »

Boulevard Diderot. Pont d'Austerlitz. Il était neuf heures du matin. J'ai baissé la vitre. Une bouffée d'air doux

102

au parfum de feuillage et de poussière a pénétré dans la voiture.

Le chauffeur conduisait d'une manière nonchalante, en tenant le volant d'une seule main. L'autre chauffeur nous suivait de si près que souvent les deux automobiles étaient pare-chocs contre pare-chocs.

Nous avions pris les quais et longions les grilles du jardin des Plantes. À quelques centaines de mètres, vers l'intérieur, s'élevait le dôme de l'hôpital du Val de Grâce, où, cet automne, on m'avait gardé trois mois avant de me délivrer pour toujours de mes obligations militaires. Sept ans de collèges, six mois de caserne et trois mois de Val de Grâce. Maintenant, personne ne pourrait plus jamais m'enfermer quelque part. Personne. La vie commençait pour moi. J'ai baissé complètement la vitre de la portière et j'ai appuyé mon coude, au rebord. Les platanes étaient déjà verts le long du quai, et nous passions sous la voûte de leurs feuillages.

La circulation était fluide et l'automobile glissait sans que j'entende le bruit du moteur. La radio marchait en sourdine et je me souviens qu'au moment où nous arrivions au pont de la Concorde, un orchestre jouait la musique d'*Avril au Portugal*. J'avais envie de siffler l'air. Paris, sous ce soleil de printemps, me semblait une ville neuve où je pénétrais pour la première fois, et le quai d'Orsay, après les Invalides, avait, ce matin-là, un charme de Méditerranée et de vacances. Oui, nous suivions la Croisette ou la Promenade des Anglais.

Nous avons traversé le pont de l'Alma, l'autre automobile roulant à nos côtés. Les deux chauffeurs se lançaient des clins d'œil. Puis ils se sont engagés rue Jean-Goujon, et au début de cette rue, se sont garés l'un derrière l'autre en montant sur le trottoir. Nous sommes sortis, tous les trois. Les portières des deux limousines noires ont claqué, comme dans les très vieux films de gangsters. Un homme en chemise blanche et pantalon bleu marine attendait debout devant une porte à double battant, en bois clair, celle d'un appartement plutôt qu'une porte cochère. Il a marché vers nous. Il était de petite taille, l'allure d'un jockey à la retraite.

— Vous avez bien tous les bagages ?

Il usait d'un ton péremptoire qui me surprit. Il ne nous prêtait pas la moindre attention. Seuls les bagages l'intéressaient.

— Nous avons bien tous les bagages, ai-je dit. Tous. J'ai vérifié.

Devant tant de zèle, son visage s'est éclairé d'un sourire à mon intention. Peut-être avait-il cru qu'en raison de ma jeunesse, j'avais pris ma mission à la légère.

Il a ouvert les deux battants de la porte. Une grande entrée au dallage noir et blanc.

— Il faut laisser les bagages ici.

Alors, les chauffeurs et moi, nous les avons transportés un par un. Il tenait beaucoup à ce que nous les alignions contre le mur par ordre de taille décroissante. Ce travail achevé, il a sorti de sa poche un vieux portefeuille de cuir marron et a payé les deux chauffeurs en leur donnant à chacun plusieurs billets de banque qu'il avait d'abord comptés en s'humectant l'index.

Nous étions seuls, lui et moi, au milieu du vestibule. Je n'osais pas faire le moindre geste ni prononcer le moindre mot. Il parcourait des yeux la file des bagages. Il les comptait, sans doute. Puis il a levé son visage vers moi. Au bout de quelques secondes de silence, il s'est raidi et m'a annoncé, d'un ton solennel :

— Madame dort.

Et puis son corps s'est détendu. Il a croisé les bras et de nouveau il m'a souri. Ce n'était plus le même homme. Il s'est approché de moi et m'a tapé du bout de ses doigts, sur l'épaule.

— Merci d'avoir fait ça pour Madame... Madame m'a parlé de vous... Elle m'a dit qu'elle voulait vous voir...

— C'est vrai ?

Il a paru étonné de la brusquerie avec laquelle je lui avais posé cette question, mais au moment où les deux chauffeurs avaient quitté le vestibule, je m'étais dit que moi aussi, on me laisserait partir et que je n'aurais plus jamais de ma vie l'occasion de rencontrer Mme Lucien Blin.

— Venez...

Nous suivîmes un couloir étroit et mal éclairé au bout duquel il ouvrit une porte et s'effaça pour me laisser le passage. De ce salon, je remarquai, au premier abord, les boiseries bleu ciel dont la peinture s'écaillait par endroits et les portes-fenêtres qui donnaient sur le petit jardin.

— Vous pouvez attendre ici...

Il me désignait un canapé de velours bleu, contre le mur. Je m'assis.

— Vous voulez boire quelque chose ?

— Non, merci.

— Mme Blin se réveille toujours tard, me dit-il, d'une

voix douce comme s'il voulait à l'avance me rassurer et me faire comprendre que l'attente serait longue. Vous ne voulez vraiment pas boire quelque chose ? Café ? Jus d'orange ?

— Non, merci.

— Si vous changez d'avis, vous appuyez là.

Et il me montra un bouton doré sur le mur, du côté droit du canapé.

— Au revoir, monsieur. Et soyez patient.

Il disparut par où nous étions entrés, et la porte se referma lentement derrière lui, une porte si bien encastrée dans le mur qu'on ne la distinguait pas de celui-ci. Et l'illusion était d'autant plus complète que cette porte n'avait pas de poignée, du côté du salon. Le couloir que nous avions emprunté tout à l'heure était-il un couloir secret ? Je me promis de le demander à Mme Lucien Blin.

Je suis resté longtemps assis sur ce canapé. À ma gauche un paravent chinois. Sur les tables basses et la cheminée, des bouquets de fleurs jaunes et blanches. Fanées. En face de moi, le soleil éclairait les vitres des portes-fenêtres d'une lumière irisée dans laquelle baignaient l'herbe et les massifs du jardin. Et ce jardin qui prolongeait l'appartement avait une forme de proue, si bien que je finissais par me croire à bord d'un navire.

Le silence était pesant. Je me suis levé et j'ai ouvert l'une des doubles portes-fenêtres. Un courant d'air a soulevé les rideaux de gaze et je me suis glissé dehors.

Un transat orange était posé contre la grille noire qui cernait le jardin à hauteur d'homme. Je l'ai déplié au milieu de la petite pelouse et je m'y suis assis. Il y avait du soleil et j'entendais le bruit étouffé de la circulation comme celui d'un ressac qui viendrait battre la grille. Je me sentais à l'aise et j'appuyai ma nuque au rebord du transat. De légers nuages de printemps flottaient dans le ciel bleu.

Puis j'ai baissé la tête. Le salon, avec ses trois portes-fenêtres, s'avançait en rotonde, face à moi. À droite deux autres portes-fenêtres dont les volets intérieurs étaient fermés. La chambre de Mme Lucien Blin ? J'aurais voulu vérifier à travers l'interstice des volets si c'était bien dans cette chambre qu'elle dormait. Je suis rentré dans le salon. Sur une table basse, un coffret à cigarettes et une pochette d'allumettes entamée qui portait sur son revers le nom d'un restaurant. Je me suis assis de nouveau sur le canapé. Le tabac anglais me brûlait la gorge et je suivais des yeux les volutes de fumée qui se dissipaient au-dessus de moi. Des rayons de soleil envahissaient la pièce, puis la lumière baissait brusquement, comme avant l'orage. De ma place, je voyais un morceau de ciel. Le silence et les variations trop contrastées de la lumière me causaient un léger — oh, bien léger — sentiment d'angoisse.

J'ai fait des allers-retours du salon au jardin et du jardin au salon jusque vers midi sans que personne ne vienne rompre mon attente. J'ai ouvert l'une des portes et j'ai traversé, sur la pointe des pieds, le plus vite possible, une enfilade de pièces. Certaines étaient vides. Dans d'autres des meubles étaient empilés sous des bâches. Les jours suivants, je me suis rendu compte que toutes les pièces de l'appartement étaient condamnées — sauf la chambre à coucher et le salon — et qu'elles servaient de débarras. On y trouvait les objets les plus divers : selles et harnais, lustres, tapis et meubles des maisons que Lucien Blin possédait jadis à Chantilly et au Cap d'Antibes, et sa collection, d'animaux empaillés, dont une girafe qui se dressait solitaire au milieu de l'ancienne salle à manger.

Enfin, j'ai débouché dans le hall au dallage noir et blanc, où les valises étaient toujours rangées par ordre de taille décroissante. Au moment où je tirais la porte d'entrée, j'ai senti la pression d'une main sur mon épaule. Je me suis retourné. L'homme qui nous avait accueillis, les deux chauffeurs et moi, me souriait mais son regard était lourd d'inquiétude.

— Vous n'alliez pas partir, hein ?

Avait-il marché derrière moi sans que je m'aperçoive de sa présence ? Me surveillait-il depuis le début ? Sa main serrait de plus en plus fort mon épaule.

— Il faut attendre que Madame se réveille.

Une menace perçait dans sa voix. Il tendait vers moi son petit visage brutal de jockey, un visage d'enfant mais qui se serait momifié avec le temps.

— Je voulais juste prendre un peu l'air.

— Vraiment ?

— Oui... C'était... pour acheter un journal.

Il a desserré l'étreinte de sa main.

— Alors, vous ne tardez pas trop. On ne sait jamais avec Madame. Elle peut se réveiller d'un moment à l'autre.

Dans la rue, j'ai respiré un grand coup. J'avais cru qu'il ne me laisserait jamais partir.

Place de l'Alma, pas une seule table libre aux terrasses des cafés, sous le soleil. J'ai marché au hasard, croisant des groupes d'hommes et de femmes, tous habillés — si j'ai bonne mémoire — de costumes clairs et de robes en voile ou en mousseline. Le vent agitait les feuillages des arbres de l'avenue Montaigne — un vent vif qui vous donnait l'illusion de suivre une promenade de bord de mer.

J'ai remonté et puis j'ai descendu à pas lents l'avenue des Champs-Elysées. J'ai flâné le long des arcades du Lido et je suis entré chez Symphonia. J'ai marché pendant des heures et des heures sans m'en rendre compte, et j'ai dû sillonner toutes les rues du quartier. Je ne me souviens que des moments où les averses m'ont surpris. La première dans les jardins des Champs-Elysées, près du restaurant *Le Doyen* et j'ai eu le temps de m'abriter sous le vieux kiosque à musique. La seconde, à la hauteur du cinéma Biarritz. Et le soleil se reflétait de nouveau sur les trottoirs mouillés.

Vers la fin de l'après-midi, le ciel s'est encore assombri. Je me trouvais sous les arbres du Rond-Point quand j'ai senti les premières gouttes de pluie, mais j'ai poursuivi ma marche en rasant les immeubles de l'avenue Montaigne. Le vent soufflait, un vent atlantique et je me disais qu'au bout de l'avenue, il y aurait la mer. Des mouettes planaient au-dessus de moi. Place de l'Alma, l'averse a redoublé de violence et je me suis assis à l'une des rares tables libres de la terrasse vitrée de *Chez Francis*. Le garçon s'est présenté pour prendre la commande. Je n'avais plus un sou en poche.

— J'attends quelqu'un.

Et c'était vrai, après tout, que j'attendais quelqu'un. De l'autre côté de la place, les grilles du petit jardin luisaient sous la pluie. À cette heure-ci, elle était sans doute réveillée. Il suffisait de faire quelques pas et de sonner à la porte d'entrée. Mais j'ai voulu qu'un moment encore ma vie reste en suspens à la terrasse de ce café, dans le brouhaha des conversations et les reflets de la pluie sur la vitre et le trottoir. J'ai attendu que la nuit tombe et que s'allument les lumières. Et je crois que je serais demeuré longtemps à cette table, engourdi, si le garçon ne s'était pas de nouveau incliné vers moi :

— Vous attendez toujours quelqu'un ?

Il y avait tant d'ironie dans sa voix que je me suis levé. Dehors, il ne pleuvait plus. Je me suis arrêté devant le kiosque et j'ai choisi un journal. C'était le prétexte que j'avais donné tout à l'heure pour qu'on me laisse quitter l'appartement, et je ne voulais pas avoir l'air de mentir.

Une drôle de sonnerie. Très sourde. Comme une note prolongée sur un orgue. Il est venu m'ouvrir, habillé cette fois-ci, d'une veste blanche, d'un pantalon noir et de gants blancs, l'allure d'un steward de compagnie maritime, qui s'apprête à servir le dîner du commandant.

— Madame dort toujours.

Il paraissait soulagé de mon retour. Il avait sans doute craint que je ne disparaisse pour de bon.

— Le mieux c'est que vous attendiez au salon.

De nouveau, il me serrait l'épaule entre son pouce et

son index et m'éloignait, d'une pression soutenue, de la porte d'entrée.

— Venez par ici... Venez... Venez...

Il me parlait du ton qu'un jockey emploierait avec un poulain récalcitrant dont on ne peut prévoir les réactions. Nous suivîmes le même couloir étroit que tout à l'heure, et dans le salon, il me désigna le même canapé. Je m'assis à son extrémité gauche, comme la première fois. Ma vie, désormais, serait un rêve où j'attendrais, jusqu'à la fin des temps, le réveil de Madame. Et cette attente consisterait à me promener des journées entières le long des rues du quartier et à revenir dans ce salon, comme on prend son tour de garde, pour m'entendre dire invariablement par le même majordome à tête de jockey : « Madame dort. »

Il me désigna le magazine que j'avais posé sur mes genoux.

— Je vois que vous avez de la lecture.

La vigilance de cet homme finissait par m'exaspérer.

— Expliquez-moi, lui dis-je. Madame fait une cure de sommeil ?

Il resta quelques secondes interloqué et me considéra d'un œil glacial.

— Pas du tout... Madame dort très peu, alors elle a besoin de récupérer. Quand il lui arrive de dormir, c'est souvent pendant toute une journée.

— Elle fait le tour du cadran ?

Il a dû croire que c'était une insolence de plus. La porte du couloir claqua derrière lui, et de nouveau, je me retrouvai seul. Je feuilletai le magazine, mais tous ces articles et ces photos appartenaient à un monde qui me semblerait de plus en plus lointain si je restais dans ce salon aux boiseries bleu ciel. Quelles obligations me retenaient ici ? Au moment où les deux chauffeurs chargeaient les bagages, à la gare de Lyon, j'aurais dû me perdre dans les rues de Paris.

J'ai laissé tomber le magazine à mes pieds. On avait fermé les volets intérieurs des portes-fenêtres et le salon était encore plus silencieux que dans la matinée. La lampe à abat-jour rose projetait une lumière tendre sur le grand paravent, à ma gauche, dont je ne pouvais détacher les yeux, et où glissait lentement un cygne, pour l'éternité

Il m'a secoué l'épaule. Je ne savais plus où j'étais. Mais j'ai reconnu sa tête de jockey, sa tunique blanche et ses gants blancs. Et la boiserie bleu ciel du salon.

— Madame vous attend.

J'étais affalé contre le dossier du canapé. J'ai regardé ma montre. Dix heures et demie du soir. Moi aussi j'avais fini par m'endormir. Il m'a pris le bras et m'a aidé à me mettre debout. Puis il a fait disparaître, à petits gestes précis, le creux que j'avais laissé sur le canapé.

Je l'ai suivi à travers l'enfilade des pièces vides qui baignaient toutes — ou bien était-ce une impression fausse due à mon état d'extrême fatigue — dans une lumière très crue, presque blanche. J'ai trébuché contre un tapis roulé. Il m'a retenu de justesse.

— Vous n'avez pas l'air très en forme. Vous auriez dû prendre une douche.

— Une douche ?

112

— Oui. Si j'étais venu vous réveiller un peu plus tôt, vous auriez eu le temps de prendre une douche.

Il a frappé du poing contre le battant d'une double porte, mais personne n'a répondu. J'entendais une musique, derrière la porte. Il l'a entrouverte, doucement.

— Madame...

Pas de réponse.

Il a poussé le battant. La chambre m'a semblé obscure, tant j'avais été ébloui par la lumière vive des autres pièces.

— Elle m'a dit de vous faire venir ici... Vous pouvez l'attendre... Elle doit être dans la salle de bains...

Il m'entraînait à l'intérieur de la chambre. Puis il a reculé, imperceptiblement, et a refermé la porte derrière moi.

La musique était celle d'un transistor noir posé sur une table de marbre circulaire. Par l'entrebâillement des deux portes-fenêtres, je distinguais l'herbe et les massifs du jardin, et le ciel, où brillait un croissant de lune.

Je me suis assis sur un tabouret au tissu brodé de fleurs et j'ai regardé autour de moi. Une lampe, tout au fond, enveloppait la chambre d'une lumière jaune et voilée. Sur la table de nuit, dans un désordre de médicaments, de journaux et de livres, une grosse bougie gainée de verre brûlait, et c'était elle, sans doute, qui répandait un parfum d'ambre à travers toute la pièce. Un lit très large à baldaquin, mais un baldaquin particulier, aérien, au ciel circulaire, l'aspect d'une nacelle ou d'un insecte géant. Un matelas aux draps défaits était posé à côté du lit, à même le sol.

— Vous êtes là ?

La voix provenait du fond de la pièce, de derrière une porte entrouverte.

— Oui, madame.

— Ne m'appelez pas madame. Je m'excuse beaucoup de vous avoir fait attendre.

— Cela n'a aucune importance.

— Vous avez faim, je suppose ?

— Non.

— Mais si... on va vous apporter à souper.

Elle forçait un peu sa voix pour que je l'entende de loin, et cela laissait percer un léger, presque imperceptible accent faubourien.

— Vous aimez cette musique ?

Une longue plainte au saxophone. Mais oui, je connaissais cet air. Distendu, ralenti, comme dans un rêve, c'était la musique d'*Avril au Portugal*.

Elle est apparue dans l'encadrement de la porte. Pieds nus et ses cheveux blonds décoiffés. Elle portait un peignoir d'éponge blanc. Je me suis levé.

— Non... Non... Ne bougez pas...

Elle semblait trouver ma présence tout à fait naturelle. Sur la table de chevet, elle a déplacé des boîtes, des livres et la bougie, avant de prendre un paquet de cigarettes entamé et un briquet. Puis elle est venue s'asseoir sur le matelas.

— Vous fumez ?

— Non, merci.

Elle me dévisageait. Son regard s'attardait sur mes mains.

— Vous n'avez pas eu trop de mal avec mes bagages ?

— Pas du tout.

— C'est vraiment gentil de votre part... Je suis désolée de vous recevoir si tard... Mais j'essaie de dormir pendant la journée... La nuit, c'est impossible pour moi... Je n'arrive pas à dormir dans ce lit... Il est trop haut...

Je hochai gravement la tête. C'était étrange de la voir assise, sur ce matelas, au pied du lit à baldaquin.

— Vous devez avoir faim... Il va tout de suite vous apporter quelque chose...

Qui ? L'homme à tête de jockey ?

— Non, merci... ce n'est pas la peine...

— Si, si... Je veux que vous mangiez quelque chose... Je partagerai avec vous... Vous êtes mal sur ce tabouret... Venez vous asseoir ici.

J'ai pris place à côté d'elle, au bord du matelas.

— C'est drôle... La première fois que je vous ai vu, vous m'avez fait penser à un ami de mon mari... Un homme que j'aimais beaucoup... Un Anglais... Vous êtes peut-être son fils ? Bernard Farmer... Vous ne seriez pas le fils de Bernard Farmer ?

Elle gardait les yeux fixés sur mon visage, mais je sentais qu'à travers moi, c'était ce Bernard Farmer qui lui apparaissait brusquement.

— Quand j'ai connu mon mari, il ne pouvait pas se passer de Farmer...

Je sentais son parfum. La ceinture du peignoir lui serrait très fort la taille.

— On est toujours impressionné par les gens que l'on

115

connaît quand on a vingt ans... Les deux hommes qui m'ont le plus impressionnée de ma vie, c'était mon mari et Bernard Farmer...

— C'est vrai ?

Je devais avoir un air solennel et captivé. Elle a souri.

— Je vous ennuie avec tout ça...

— Pas du tout.

— Quand je vous ai vu pour la première fois dans ce hall d'hôtel, je me suis dit que Farmer à votre âge devait être exactement comme vous...

Et de nouveau son regard s'attardait sur mes mains.

Il a posé le plateau sur la table circulaire sans paraître étonné de nous voir assis au bord du matelas. Je ne l'avais pas entendu entrer dans la chambre. Comment pouvait-il marcher sans faire le moindre bruit ? Il était chaussé d'escarpins noirs, d'aspect souple, qui auraient pu être des chaussons ; si légers ces escarpins, qu'ils devaient à peine effleurer le sol.

— À quelle heure voulez-vous être réveillée demain, Madame ?

— Pas de réveil, demain.

— Bonne nuit, Madame.

Il demeurait très droit devant nous, le noir de ses escarpins contrastant avec la blancheur de sa veste et de ses gants. Puis, à reculons, avec une sorte d'élégance militaire, il s'est glissé dans l'entrebâillement de la porte et, avant de la refermer sur lui, nous a fait — ou peut-être seulement à Mme Blin — un bref salut de la tête.

Des sandwiches de pain de mie. Des toasts. De la confiture. Des œufs à la coque. Une salade de fruits. Deux verres de jus d'orange.

— Vous auriez peut-être préféré un vrai repas ?

— Mais non. Pas du tout...

Elle s'est servie de salade de fruits. Quelques petites cuillerées. Elle a bu une gorgée de jus d'orange.

— Je mange de moins en moins.

J'avais honte de mordre dans mon sandwich devant elle.

— Et je dors de plus en plus difficilement... Et vous ? Vous arrivez à dormir ?

Il y avait une curiosité avide dans cette question.

— Oh oui... très bien...

— Vous mangerez tous les sandwiches et toute la salade de fruits ?

— Oui.

— Moi aussi, à votre âge, je mangeais tout et je pouvais dormir dix heures de suite par terre.

Quel était son âge, à elle ? Maintenant que j'ai découvert dans le dossier de Rocroy sa date de naissance, je fais un rapide calcul : trente-neuf ans. Mais elle me paraissait plus jeune.

— Mangez avec les mains...

Je préférais manger la salade de fruits à l'aide d'une fourchette, bien qu'elle semblât, décidément, porter un intérêt très vif à mes mains. Pourquoi les observait-elle avec une telle insistance ? Elle trouvait mes ongles sales, peut-être. Mais oui, j'étais sale. Je ne m'étais pas lavé ni rasé, ni coiffé depuis quarante-huit heures. J'avais passé la nuit dans le train.

— Excusez-moi. J'ai l'air d'un clochard...

117

— Vous pourrez prendre un bain, tout à l'heure, si vous voulez... J'ai même un peignoir et une robe de chambre pour vous... Montrez-moi vos mains...

J'ai rougi. Et pourtant j'ai eu le courage de la regarder droit dans les yeux.

— Qu'est-ce qu'elles ont, mes mains ?

Elle s'était rapprochée de moi et m'avait pris la main gauche. Elle la retournait.

— Vous avez exactement les mêmes mains que Bernard Farmer... Décidément, vous devez être le fils de Bernard Farmer...

Son visage était tout près du mien. Sa bouche a effleuré ma tempe.

— Vous êtes son fils, hein ?

— Si ça peut vous faire plaisir.

La bougie projetait sur le mur une ombre en forme de voile triangulaire. Elle tournait le bouton du transistor et au bout de quelques minutes elle a fini par capter une mélodie jouée très lentement à la cithare. Elle a posé le transistor par terre.

— Tu aimes cette musique ?

— Oui.

— J'écoute toujours de la musique pour essayer de m'endormir.

Le son de la cithare s'éloignait, recouvert par un murmure de cascade ou de mystérieux chuchotements, puis revenait, puis s'affaiblissait à nouveau, comme emporté par le vent.

Elle s'était endormie contre mon épaule. Et moi aussi, peu à peu, le sommeil me gagnait. Mais je suis resté longtemps encore les yeux ouverts à écouter le souffle léger de sa respiration. J'appuyais ma joue contre ses cheveux pour me persuader que je ne rêvais pas. La bougie brûlait toujours et je me demandais s'il fallait l'éteindre. Par l'une des portes-fenêtres, un courant d'air m'apportait la rumeur de Paris. Dehors, derrière les grilles du jardin, la place de l'Alma et la terrasse du café où j'attendais, après avoir marché tout l'après-midi, au hasard. Je me confondais avec cette ville, j'étais le feuillage des arbres, les reflets de la pluie sur les trottoirs, le bourdonnement des voix, une poussière parmi les millions de poussières des rues.

Ce Bernard Farmer à qui elle m'avait dit que je ressemblais, le premier soir, j'ai toujours éprouvé de la sympathie pour lui, sans le connaître. Grâce à cet homme, j'avais attiré l'attention de Carmen. Plus tard, parmi les centaines et les centaines de photos poussiéreuses qui dormaient dans la commode de sa chambre et les tiroirs d'un secrétaire du salon, j'ai découvert quelques photos de lui. J'avais beau les scruter à la loupe, je ne voyais aucune ressemblance entre ce Farmer et moi. Un blond aux yeux très clairs. On distinguait à peine ses mains.

J'ai demandé à Carmen où pouvait bien être la ressemblance. Mais elle ne voulait pas regarder ces photos.

— Puisque je te dis qu'il te ressemblait...

Le ton était sans réplique. Des personnes de son entourage, seul Rocroy avait connu Farmer avant elle — car l'amitié de Rocroy et de Lucien Blin remontait à une période antérieure à celle du mariage de Blin avec Carmen. Lui pouvait savoir si vraiment Farmer me ressemblait. À ma question, il a hésité un instant :

— Elle vous a dit ça ?

— Oui.

120

— Physiquement, il ne vous ressemblait pas du tout, mais je comprends ce qu'elle a voulu dire...

Nous attendions Carmen, dans le salon, Rocroy, Ghita et moi. Huit heures du soir au mois de mai et Carmen n'était pas encore réveillée.

— Vous lui faites penser à Farmer, pour... pour une question d'ambiance, vous comprenez...

Je ne comprenais pas du tout.

— Elle a connu Farmer quand elle avait dix-neuf ans... Il a été le premier homme dans sa vie... C'est Farmer qui lui a présenté Lucien Blin...

Il s'est penché et d'une voix plus basse :

— Je ne sais pas, moi... Vous lui rappelez sa jeunesse... Alors, elle vous associe à Farmer... Voilà... Ça doit être aussi simple que cela...

Et puis, il s'était retourné vers Ghita, assise sur le divan.

— Hein, Gyp ?

Et ce « Hein, Gyp ? » qui ponctuait si souvent sa conversation, il le prononçait toujours d'une manière désinvolte et mécanique, comme on laisse tomber, de l'index, la cendre de sa cigarette.

Ce soir, la chaleur est si lourde dans l'appartement de Rocroy que des gouttes de sueur dégoulinent de mon menton sur le papier à lettres grand format sans rayures. Quelquefois l'une de ces gouttes se mélange à l'encre bleu floride d'un mot, si bien que c'est avec ma sueur que j'écris. Farmer. Vingt ans ont passé depuis mais j'entends

121

encore la voix de Rocroy me dire : « le premier homme dans sa vie ». Et je voudrais que ce Farmer soit pour moi, ce soir, un peu plus que le souvenir d'un visage brouillé sur une photo. Je suis son fils, après tout.

Je consulte les pages dactylographiées du dossier de Rocroy et son vieil agenda relié de cuir bleu. Farmer Bernard, Ralph, dit « Michel », 189 rue de la Pompe. En fuite. Poincaré 15-29.

Je laisse toutes les lumières de l'appartement allumées, selon la recommandation de Ghita. Dehors, je marche en ligne droite. Boulevard Haussmann, avenue de Friedland, avenue Victor-Hugo. La nuit est toujours aussi chaude et Paris aussi vide. Et moi, je sais que Farmer a disparu depuis longtemps. Je le sais par Rocroy qui m'avait donné quelques renseignements sur lui. Il fumait l'opium et il sortait en taille, même pendant l'hiver, car il jugeait que les manteaux vous alourdissent la silhouette. Il avait une dizaine d'années de plus que Carmen et il faisait partie de la bande d'amis hétéroclites que Lucien Blin traînait derrière lui.

À mesure que je me rapproche de l'Étoile, je retrouve les cars de touristes du quartier des Tuileries. Et les mêmes hommes en chemises à fleurs, les mêmes femmes en robes orange ou vertes descendent de ces cars. Existe-t-il encore, dans Paris, quelqu'un à qui parler de Farmer ? Ou de toi, Carmen ? L'avenue Victor-Hugo est déserte. Quelques rares lumières aux façades des immeubles, mais, comme chez Ghita en ce moment, les lustres ou les lampes éclairent des appartements abandonnés.

À l'angle de la rue du Dôme, par l'une des fenêtres grandes ouvertes de l'*Hôtel du Bois*, la musique d'une radio s'échappe, si forte dans le silence et la chaleur, que je l'entends encore cent mètres plus loin. Je reconnais l'air de l'une de ces chansons italiennes que Georges Maillot aimait tant et qu'il ne cessait d'écouter aux heures de cafard et pendant ses cures de désintoxication. À moins que cette musique ne soit simplement dans ma tête.

Je fais le tour de la place Victor-Hugo et j'essuie d'un revers de manche la sueur de mon front. Rue de Sontay. Rue de la Pompe, au 189. C'était donc là qu'habitait Farmer... Je contemple la façade de l'immeuble. Un appartement, au dernier étage ? Il attendait Carmen. Poincaré 15-29. Tout à l'heure, je composerai ce numéro qui n'existe plus et j'appuierai très fort le combiné à mon oreille. Mais maintenant, je suis de nouveau sur le trottoir de la place Victor-Hugo, tandis qu'un car bleu et jaune s'arrête et déverse des Japonais, leurs appareils photo en bandoulière. Ils forment un groupe compact et demeurent quelques minutes immobiles et solennels. Et si l'un d'eux se détachait du rang et traversait la place, une couronne de fleurs aux bras, pour la déposer devant un invisible monument aux morts ? Et si, moi, je suivais l'avenue Raymond-Poincaré qui s'ouvre de l'autre côté de la place ? Il faudrait que je marche sur le trottoir de droite et je finirai par m'arrêter au numéro 3. *Hôtel Malakoff*. Oui. Je devrais faire ce pèlerinage. C'est dans cet *Hôtel Malakoff* que j'ai passé ma dernière nuit à Paris, il y a vingt ans, après le meurtre de Fouquet.

Les Japonais s'asseyent aux tables du café *Scossa* et j'entends leurs chuchotements et le murmure de la fontaine. J'essaie d'imaginer Farmer qui tourne le coin de la rue, sous une pluie tiède de juin, sans imperméable. Et Carmen à dix-neuf ans. Elle sort de la bouche du métro à l'heure du couvre-feu et elle vient le rejoindre. Les façades, les trottoirs, la fontaine sont les mêmes et je suis sûr qu'en ce temps-là, il y avait des mois d'été à Paris aussi torrides que celui d'aujourd'hui. J'ai beau me le répéter, je ne sais pourquoi cette nuit j'ai échoué tout seul, dans cette ville indifférente où il ne reste plus rien de nous.

Mais déjà en ce temps-là, il ne restait plus grand-chose de ce que Rocroy appelait « l'époque de Lucien Blin ». Certaines phrases revenaient dans sa bouche :

« Lucien aurait détesté, hein, Gyp ? » « Voilà qui aurait fait beaucoup rire Lucien... » Parfois, sur un ton de reproche discret, il s'adressait à Carmen : « Vous croyez vraiment que Lucien aurait été d'accord ? » Ou : « Lucien aurait été vraiment triste de vous voir comme ça... » Carmen ne répondait pas. Elle baissait la tête. Et moi, je ne pouvais m'empêcher de regarder la grande photo encadrée de cuir grenat sur la console du salon : Lucien Blin, Carmen et le jockey, cette même photo qui illustrait le chapitre du livre de Guttrie Schwill : *Comment ils ont fait fortune.*

Des membres de la « bande » de Lucien Blin, ne subsistaient que Rocroy et Georges Maillot. Carmen se souvenait à peu près de tout le monde, mais seul Rocroy aurait pu être l'historiographe des amis de Blin et du groupe aux multiples ramifications qu'ils formaient jadis et qui, au cours des années, se modifiait, comme le jeu des cristaux d'un kaléidoscope. Pendant vingt ans, jusqu'à la mort de

Blin, Rocroy avait été l'un de ses avocats, mais surtout son ami le plus intime. Vingt ans, cela représente quelque chose. Presque un quart de siècle. Ces vingt ans-là avaient pour Rocroy une saveur et une importance incomparables. C'était « l'époque de Lucien ».

Il m'en parlait souvent. J'étais un auditeur poli et attentif. Il m'aimait bien, à cause de ma jeunesse. Il aurait sans doute voulu un fils auquel il aurait transmis tous ses souvenirs de « l'époque de Lucien » et son expérience de la vie.

Un jour, j'étais venu le chercher chez lui, rue de Courcelles. Nous avions rendez-vous avec Carmen et il y aurait, comme d'habitude, cette attente interminable dans le salon avant qu'elle se réveille. Rocroy était allongé sur le canapé. Ghita Wattier répondait au téléphone, et chaque fois il agitait son index d'un geste négatif pour qu'elle dise qu'il n'était pas là.

— Amoureux de Carmen, hein ? m'avait-il demandé brusquement.

J'avais dû rougir ou hausser les épaules. Alors, d'une voix douce et paternelle, il m'avait tenu des propos qui — si j'ai bonne mémoire — correspondaient à peu près aux termes employés dans sa lettre : « Tous ces gens qui ont été les témoins de vos débuts dans la vie vont peu à peu disparaître. Vous les avez connus très jeune, quand c'était déjà le crépuscule pour eux... »

Puis il s'était retourné :

— Tu lui donnes un bloc, Gyp,... et un stylo...

Ghita m'avait tendu un petit bloc jaune. Le stylo, Rocroy lui-même l'avait sorti de la poche intérieure de sa veste.

— Prenez note, mon vieux.

Et il m'avait dicté une foule de détails : des noms de gens, des dates, des noms de rues que je notais sur les feuilles du bloc jaune. J'ai perdu le bloc mais cela n'a aucune importance : tout ce qu'on vous dit, à cet âge-là, vous n'avez pas besoin de le noter. Cela s'inscrit, d'une manière indélébile dans votre tête, pour la vie.

Avait-il donc le pressentiment que j'écrirais quelque chose sur cette période et sur toutes ces personnes de mon entourage ? Lui ai-je confié que je voulais écrire plus tard ? Je ne crois pas. Parlions-nous, lui et moi, de littérature ? Mais oui. Il me prêtait ses romans policiers et m'avait fait découvrir pêle-mêle Earl Biggers, Rufus King, Phillips Oppenheim, Saint-Bonnet, Dornford Yates et tant d'autres dont les œuvres sont toujours rangées dans sa bibliothèque. Avec les miennes.

Mon cher Rocroy, ce livre est comme une lettre que je vous adresserais. Une lettre bien tardive. Vous n'aurez jamais l'occasion d'en prendre connaissance. Seule, Ghita... Les autres ont disparu. De toute manière, ni Carmen ni Georges Maillot ne lisaient jamais rien. Nous en avions parlé tous les deux et vous m'aviez expliqué gentiment qu'il existe deux sortes de gens : ceux qui font les livres, et ceux sur qui les livres se font, et qui n'ont pas besoin de les lire. Ils les vivent. C'est bien cela, Rocroy ? Je ne me trompe pas ? Carmen et Georges appartenaient à la seconde catégorie.

J'aurai trente-neuf ans à la fin du mois de juillet et j'es-

126

père terminer mon livre à ce moment-là. Je devrais vous le dédier, Rocroy. Et le dédier à Carmen, à Maillot, qui ont été avec vous les témoins de mes débuts dans la vie — selon votre expression.

Je vous promets que le jour de mon anniversaire, je resterai seul à Paris. Je vous dois bien ça, à tous. Seul, dans cette ville étouffante qui n'est plus la mienne et où la température aujourd'hui a atteint 35 degrés. Ce soir-là, je m'assiérai à la terrasse de *Chez Francis*, parmi les touristes allemands et japonais. Et je contemplerai, le regard fixe, les grilles du jardin de Carmen, de l'autre côté de la place. La dernière fois que je suis passé par là, dans la voiture de ce Tintin Carpentieri, les volets de l'appartement étaient fermés pour toujours. Je lèverai mon verre à votre santé, Rocroy. À celle de Georges. Et à celle de Carmen. Un simple jus de fruit. Orange ou pamplemousse. Malheureusement, il n'aura pas le goût de ceux que nous servait le majordome à tête de jockey et chaussons-escarpins de velours noir, dans le salon de Carmen, à partir de six heures du soir, quand nous attendions tous son réveil.

Cher Rocroy, vous m'aviez trouvé une chambre dans un hôtel de la rue Troyon, où descendait Maillot quand il séjournait à Paris. Dans cet hôtel vivait un homme charmant, un vieil ami de vous et de Maillot qui avait fait partie, lui aussi, jadis, de la bande de Lucien Blin : le cinéaste Albert Valentin. J'étais en famille.

De l'hôtel, j'allais à pied jusqu'à l'appartement de Carmen par l'avenue Marceau. J'étais toujours le premier à attendre dans le salon. Puis vous veniez seul ou en compagnie de Ghita. Hurel, le majordome à tête de jockey, prononçait la même phrase d'un ton de confidence :

— Madame dort encore.

Et j'admirais la douceur avec laquelle glissaient ses escarpins de velours noir.

— Il porte des trucs comme ça, m'aviez-vous dit, en imitant la voix du majordome, pour ne pas réveiller Madame.

Il voulait à tout prix protéger son sommeil. Il paraissait déçu chaque fois qu'elle se réveillait. Il ne nous aimait pas beaucoup, ni vous, ni Georges Maillot, ni moi, ni les Hayward, ni les autres. Nous étions ceux qui troublions le sommeil de Madame.

Quand il était à Paris, Georges Maillot arrivait après nous, vers sept heures du soir. Dès son entrée au salon, il hurlait d'une voix de stentor :

— Madame dort toujours ?

Et le majordome, le visage rouge, murmurait :

— Plus bas, je vous en prie.

Et il fermait vivement la porte, comme si nous étions des individus dangereux. Un soir, Maillot avait constaté qu'il la fermait à double tour, de l'extérieur.

— Il a peur que j'aille réveiller Carmen. Je devrais le faire pour son bien... Elle est idiote de dormir avec ce beau temps.

Et cette remarque vous avait fait rire, Rocroy, d'un petit rire sardonique.

— Parce que, maintenant, Georges, tu vas nous donner des conseils d'hygiène ?

— Mais oui. Pourquoi pas ?

Le majordome réapparaissait, un plateau de jus de fruits aux bras, et nous servait l'un après l'autre. Il revenait tous les quarts d'heure avec de nouveaux jus de fruits : mangue, ananas, raisin, banane... À la demande de Georges Maillot, il les mélangeait les uns aux autres, et ses mains avaient l'agilité de celles d'un barman de grand hôtel. Il nous demandait si nous voulions le « cocktail de Madame ». Aviez-vous gardé par hasard, Rocroy, la recette de ce cocktail de jus de fruits ? Je me souviens qu'il était à base de pamplemousse. Le reste... Cocktail de Madame. Ces mots me serrent le cœur.

Des taches de soleil illuminaient les murs, les meubles et la moquette du salon. Les fins d'après-midi étaient belles et chaudes, ce printemps-là. Maillot ouvrait l'une des portes-fenêtres, et nous nous asseyions, nos verres à la main, sur la grande marche de pierre. Une rangée de tulipes blanches bordait la pelouse. Le buisson de troènes, contre la grille, exhalait son parfum d'été et d'enfance. Maillot prenait une poignée de graviers qu'il lançait contre les fenêtres aux volets fermés de la chambre de Carmen, ou bien il criait son nom. Mais cela ne servait à rien. Alors, il se couchait sur la pelouse, les bras en croix.

— Et dire que dans le temps, elle se levait toujours à sept heures du matin...

De quel « temps » s'agissait-il ? De celui de Lucien ? Rocroy avait sorti de la poche de sa veste la *Cote Desfossés* et la dépliait avant de s'absorber dans la lecture de ce journal. Ghita était restée au salon et fumait placidement.

— Daniel... Je voudrais avoir ton avis, demandait Georges Maillot à Rocroy.

On croyait à une question sérieuse, au désir de recevoir un conseil qui peut-être changerait le cours d'une vie.

— Est-ce qu'on s'amuse toujours autant à Paris, Daniel ?

Il mâchonnait un brin d'herbe et, la tête reposant sur ses bras croisés, il paraissait suivre du regard la fuite infinie des nuages.

— Non, répondait Rocroy sans quitter des yeux sa *Cote Desfossés*. On ne s'amuse plus à Paris.

— C'est bien ce que je pensais.

Je ne comprenais pas ce qu'ils voulaient dire. Derrière la grille, le vent caressait les feuillages des marronniers, le haut des immeubles de la place de l'Alma, et de l'autre côté de la Seine, le sommet de la tour Eiffel. En ce temps-là, Paris était une ville qui correspondait à mes battements de cœur. Ma vie ne pouvait s'inscrire autre part que dans ses rues. Il me suffisait de me promener tout seul, au hasard, dans Paris et j'étais heureux.

Maillot baissait maintenant le store de toile orange au-dessus des portes-fenêtres du salon. Il était grand et athlétique. Son front, son nez et son arcade sourcilière avaient quelque chose de romain, comme sa nonchalance. Aucune trace de vieillissement, aucune ride ne trahissaient la moindre amertume chez lui. Il avait abandonné son métier depuis dix ans, las d'interpréter des rôles de jeune premier sportif et même dans l'un de ses derniers films tourné à Rome, celui d'un gladiateur. Il valait mieux que ça. Il s'intéressait aux meubles et aux objets d'art. Rocroy et Carmen m'avaient confié que Maillot était un homme de goût.

— Alors, c'est vrai, Ghita, qu'on ne s'amuse plus à Paris ?

Elle était venue nous rejoindre dans le jardin, et Maillot s'était assis à côté d'elle, sur la marche de pierre lisse.

— Mais oui, mon vieux, soupirait Rocroy. Gyp te dira la même chose... Paris n'est plus Paris...

Il sortait un crayon de la poche intérieure de sa veste et écrivait dans la marge son journal. Peut-être faisait-il des mots croisés.

— Alors, je ne regrette rien, disait Maillot. J'ai eu raison d'aller vivre à Rome.

— Mille fois raison.

— À Paris, tu comprends, j'ai l'impression d'être un fantôme, disait Maillot.

Il levait les bras et poussait un long ululement de spectre. Et maintenant, à mesure que j'écris ces lignes, je songe que leur présence chez Carmen, ces fins d'après-midi-là, prenait aussi une allure fantomatique, comme s'ils attendaient quelqu'un qui ne viendrait plus jamais ou qu'ils se pliaient à un rite en souvenir d'un passé englouti.

Vers sept heures le majordome nous servait l'apéritif. Plus de jus de fruits. Des alcools. Les Hayward arrivaient à ce moment-là.

Ils n'avaient pas connu l'« époque de Lucien ». Environ trente ans, tous les deux. Ils formaient un beau couple : lui, une sorte de Laurence Olivier, en plus trapu, elle, des cheveux châtains, des yeux verts et une élégance dolente. Ils habitaient un petit appartement, du côté du bois, avenue Rodin. D'après ce que j'avais cru comprendre, Philippe Hayward « s'occupait de garages à Paris », et Martine Hayward avait été, très jeune, mannequin d'un couturier anglais qu'on appelait « Le Capitaine ». Mais une nuit où elle nous avait entraînés chez elle et où nous

131

attendions son mari, j'avais surpris Hayward qui se glissait dans l'appartement en uniforme de steward d'une compagnie d'aviation. Quelques instants plus tard, il était venu nous rejoindre au salon, habillé d'un costume de ville. Cette brève vision que j'avais eue de lui me laissait perplexe. J'avais senti, dès le début, que ce couple vivait d'expédients et qu'il nous cachait quelque chose. Le timbre un peu enroué de la voix d'Hayward, qu'il corrigeait par une fausse intonation mondaine, ne m'inspirait pas confiance. Carmen, en tout cas, ne pouvait plus se passer d'eux. Ils étaient amusants, disait-elle. Ils lui faisaient découvrir chaque fois « des endroits nouveaux », au cours de ces interminables soirées qui se prolongeaient souvent jusqu'à cinq heures du matin. Et pour les remercier de leur rôle de poissons pilotes du petit groupe que nous formions — je dis : nous, bien que je me sois toujours senti en marge et que je me demande si l'on peut vraiment parler d'un « groupe » à notre sujet —, elle leur offrait des cadeaux somptueux.

Dans le vestibule, au moment du départ, le majordome se tenait très raide contre le mur du fond et nous jetait un regard froid.

— À quelle heure Madame rentrera-t-elle cette nuit ? demandait-il invariablement, comme s'il nous reprochait d'entraîner Carmen dans une aventure dangereuse pour elle, et qu'il n'était pas sûr de son retour.

— Très tard. Ne m'attendez pas.

— Si, si. J'attendrai Madame.

Et je sentais dans cette phrase un défi à notre égard.

— Il a l'air de bien t'aimer, ce type, disait Maillot. Mais il porte de drôles de chaussons.

— Je le connais depuis longtemps. C'était un lad de Lucien.

Je pensais au concierge de *La Résidence*, cet hôtel de Haute-Savoie où j'avais rencontré pour la première fois Carmen. Lui aussi avait travaillé dans le haras de Lucien Blin, à Varaville. Le monde était peuplé d'anciens lads qui servaient à Carmen d'anges gardiens.

Elle montait dans la voiture des Hayward ; Rocroy, Ghita et moi dans celle de Georges Maillot. Les Hayward avaient décidé où nous irions dîner, et Maillot les suivait à quelques mètres de distance. Aux feux rouges, nous nous trouvions côte à côte et Carmen me faisait un petit signe de la main.

Après le dîner, il faudrait prendre un verre quelque part, puis un autre, ailleurs, puis encore un autre. Et toujours sous la conduite des Hayward. Il suffisait de suivre leur voiture à travers Paris. Feux verts. Feux rouges. Et chaque fois, le petit geste de la main de Carmen. À mesure que la nuit avançait, ce geste, j'avais l'impression que c'était un appel au secours. Je voulais sortir de la voiture de Maillot, ouvrir la portière de celle des Hayward, et entraîner Carmen avec moi.

— Vous croyez qu'on va bientôt pouvoir aller se coucher ? demandait Ghita.

Nous étions assis, elle et moi, sur la banquette arrière.

— Ce ne serait pas gentil pour Carmen de lui fausser compagnie, disait Rocroy.

Quelquefois, Maillot venait à Paris en compagnie de sa femme italienne, beaucoup plus jeune que lui. Elle nous accompagnait dans nos vagabondages nocturnes, mais, comme Ghita, elle ne tardait pas à manifester des signes d'impatience.

— Est-ce que je pourrais rentrer à l'hôtel, Georges ? demandait-elle d'une voix timide.

— Mais bien sûr, chérie... bien sûr...

— Je n'ai pas l'habitude... Je tombe de sommeil... Tu m'excuseras auprès de tes amis.

Elle était très bien élevée et elle parlait le français sans le moindre accent. Rocroy m'avait expliqué qu'elle appartenait à une famille de grande noblesse romaine, et qu'elle avait eu le coup de foudre pour Maillot, à dix-neuf ans.

— Tu veux que je te dépose à l'hôtel, chérie ? proposait Maillot.

Alors Ghita s'enhardissait :

— Moi aussi, je suis crevée. Je ne peux plus tenir le coup...

— Bon... Il vaut mieux que tu rentres, disait Rocroy.

— Laissez-nous à la première station de taxis, disait Ghita. Je déposerai Doris à son hôtel.

Maillot arrêtait la voiture et nous les laissions partir toutes les deux. Puis il accélérait brusquement ou brûlait un feu rouge car il devait rattraper la voiture des Hayward. Mon cœur battait. Et si les autres nous avaient semés ? J'avais peur de ne plus jamais revoir Carmen.

— Elles se sont dégonflées toutes les deux, disait Maillot. Et vous, Jean ? Vous tenez encore le coup ? Ou je vous dépose quelque part ?

Il se moquait gentiment de moi. Il avait deviné que j'étais amoureux de Carmen.

— Eh bien, maintenant, soupirait Rocroy, nous sommes vraiment le dernier carré.

Lui et Maillot semblaient résignés et un peu mélancoliques d'appartenir au « dernier carré ». La voiture des Hayward, devant nous, indiquait la marche à suivre. Feux verts. Feux rouges.

J'étais amoureux de cette femme qui me faisait un signe de la main ou me lançait un appel au secours, et je ne pouvais pas encore comprendre ce que Rocroy voulait dire en employant le terme : « dernier carré ».

Mais les soirs où les Hayward ne venaient pas, ni Rocroy, ni Ghita, ni Georges Maillot, j'attendais seul. Le feuillage des arbres, le sommet de la tour Eiffel et la grille du jardin se découpaient sur le ciel encore clair, avant que la nuit tombe tout à fait. Elle s'était réveillée ; elle avait mis un disque sur le pick-up de sa chambre et par un système d'acoustique perfectionnée, la musique se répandait dans tout l'appartement. Elle apparaissait en peignoir d'éponge blanc, et s'allongeait sur le canapé. L'obscurité était descendue sur moi sans que j'aie pris la peine d'allumer une lampe. L'ancien lad aux chaussons de velours aurait pu faire de la lumière s'il était passé par là, mais il se contentait de m'ouvrir la porte de l'appartement et m'abandonnait, si bien que les premières fois j'avais erré quelques instants à travers l'enfilade des pièces condamnées à la recherche du salon.

Des airs de jazz, des rumbas, des opérettes, *Les Millions d'Arlequin*... Quand la nuit était tiède, nous nous asseyions tous les deux sur la marche en bordure du jardin, et la musique venait jusqu'à nous par la porte-fenêtre entrouverte. De temps en temps elle se levait pour chan-

136

ger le disque puis s'asseyait de nouveau si près de moi que je sentais le contact de son front contre mon épaule. Elle commençait sa journée, mais ce décalage horaire ne me gênait pas. J'avais fait tout l'après-midi une sieste dans ma chambre d'hôtel de la rue Troyon, pour tenir le coup.

Il était environ dix heures, quelquefois onze heures du soir. Le moment de ses réussites. Elle disposait les cartes sur le tapis, et moi j'allais prendre un livre dans la bibliothèque. Romans policiers. Ouvrages historiques. Beaucoup de pièces de théâtre que leurs auteurs avaient affectueusement dédicacées à Blin en l'appelant soit par son prénom, soit par son nom tout court. Pour Lucien. Pour Blin. Annuaire de la Chronique du Turf de 1934 à 1955, édité par les « Etablissements Chéri » : vingt-deux volumes aux reliures bleu nuit. Et l'ex-libris blanc et vert, aux couleurs des écuries de Blin, avec les initiales L.B. collées à chaque livre. C'est là, sur les rayonnages, que j'ai retrouvé *Comment ils ont fait fortune* de Guttrie Schwill, ce livre que j'avais lu dans la solitude et le cafard, au Val de Grâce. J'ai montré à Carmen la photo où on la voyait avec son mari et le jockey, mais elle a haussé les épaules.

Des photos et des souvenirs de toutes sortes, il y en avait des centaines et des centaines, dans les tiroirs du meuble chinois, contre le mur gauche du salon. Je prenais l'un de ces tiroirs et vidais son contenu par terre, et toute la jeunesse de Carmen était là, en vrac, devant moi avec les dates derrière les photos, et les noms des comparses inscrits sur les vieux carnets d'adresse de Lucien Blin. Elle n'aimait pas que je consulte ce qu'elle appelait « les archives ». Une nuit, elle m'avait surpris fouillant les tiroirs où reposait son passé dans une odeur de laque et de cuir, et elle m'avait dit qu'elle « brûlerait tout ça ». Elle avait oublié sa résolution le lendemain, mais moi, j'avais volé une photo d'elle à vingt ans, en maillot de bain, devant les rochers d'Eden-Roc, pour qu'il reste au moins quelque chose de « tout ça »... Elle n'avait pas vraiment changé depuis. Sur la photo d'Eden-Roc, ses cheveux blonds étaient coiffés d'une façon différente, avec une grande mèche ramenée en arrière au-dessus du front, mais aujourd'hui le visage était aussi lisse, les yeux aussi clairs, le corps aussi mince. Seul l'éclat du sourire s'était voilé.

Vers deux heures du matin, l'ancien lad apportait le plateau du « déjeuner ». Poulet froid. Dragées. Fruits. Jus d'orange. Elle voulait m'apprendre les règles du jeu de mah-jong auxquelles je ne comprenais rien, et les mêmes disques tournaient sur le pick-up. Bien que ce fût déjà le crépuscule pour eux à cette époque — comme Rocroy me le disait dans sa lettre — les chansons qui revenaient le plus souvent étaient des chansons de printemps : *April in Paris*, *Some other Spring*, *Avril au Portugal*... Elles suffisent pour me restituer l'atmosphère de ces nuits blanches et la présence de Carmen. Georges Maillot en sifflait lui aussi les refrains lents et tendres et je me demande si ces chansons n'avaient pas été, pour Carmen et pour lui, et d'autres gens d'un même groupe dont ils étaient les seuls survivants, un signe de reconnaissance.

Elle s'habillait après le « déjeuner » et nous sortions faire une longue promenade. C'était l'heure creuse de la nuit où il ne passe plus que de très rares voitures et où les clignotements des feux rouges et des feux verts se succèdent pour rien. Nous marchions sur la pelouse du cours la Reine. Averses. Odeur des feuillages et de la terre mouillée. De l'autre côté de la place de l'Alma, le long des quais, sur l'esplanade du palais de Tokyo, nous parlions à voix basse, de crainte que l'écho ne répercute le son de nos voix. La rue Fresnel et son jardin suspendu. La Seine. L'allée aux Cygnes que nous suivions jusqu'au pont de Grenelle. Et le retour par les escaliers de Passy et les jardins du Trocadéro.

Le jour se levait. Le pépiement des oiseaux entrait dans le salon. Hurel n'avait pas éteint les lumières et un disque tournait sur le pick-up. Arrivé à son terme, le bras du pick-up revenait au milieu du disque et ce geste de nageur obstiné aurait pu durer jusqu'à la fin des temps si je n'avais pas appuyé sur le bouton. Les cartes des réussites jonchaient la moquette.

Une expression d'angoisse fugitive passait dans les yeux de Carmen et contractait sa bouche, ce désarroi que je lisais sur son visage quand nous la raccompagnions chez elle, Georges Maillot, les Hayward et moi, après nos virées nocturnes. Elle descendait de la voiture et, sous le porche de l'immeuble, se retournait et nous faisait un petit signe de la main et chaque fois je me disais que c'était à moi que ce geste s'adressait. Elle allait entrer toute seule dans l'appartement et traverser les pièces qui n'étaient plus qu'un débarras — le marché aux puces — comme disait Georges Maillot. Celui-ci me ramenait rue Troyon. Une fois, de ma chambre d'hôtel, j'avais téléphoné à Carmen pour lui demander si « tout allait bien » et si elle ne voulait pas que je lui tienne compagnie. Elle m'avait répondu que « tout allait bien ». Elle me remerciait. Il fallait que je dorme maintenant : À mon âge, on avait besoin de sommeil...

À mon âge... Eh bien, j'ai l'âge, aujourd'hui, qu'elle avait en ce temps-là : trente-neuf ans. Et je comprends maintenant l'angoisse qui l'empoignait vers six heures du matin. Et pourquoi son sourire s'était voilé si on le comparait à celui de la photo d'Eden-Roc. Et pourquoi on a beau s'allonger sur un lit et fermer les yeux, le sommeil ne vient pas vous visiter.

Le jour filtrait à travers les persiennes de sa chambre. Et l'on entendait encore les oiseaux.

— Ils sont terribles, ces oiseaux. Ils auront ma peau, tu sais...

L'angoisse figeait de nouveau son regard. Moi, au contraire, cela me berçait d'entendre le chant des oiseaux...

Elle était allongée et rapprochait son visage du mien. Elle me fixait de ses yeux clairs, sans rien dire. La contraction de la bouche s'effaçait et peu à peu ce visage devenait aussi lisse, aussi rayonnant que celui de la fille de la photo d'Eden-Roc, peu à peu, comme quelque chose qui remonterait doucement — odeur de menthe ou feuilles de nénuphars — à la surface des eaux tranquilles d'un étang.

— Carmen serait plutôt de la race des cigales, me disait Rocroy.

Tout avait été vendu, sauf un petit cinéma du côté des Buttes-Chaumont, oublié dans la liste avec le chalet de Haute-Savoie. Après la disparition de Blin, Carmen avait pu conserver pendant deux ou trois ans encore l'écurie de course et le haras de Varaville grâce aux conseils d'un jockey qui avait partagé sa vie. Et puis, à leur tour, le jockey, les chevaux et le haras s'étaient volatilisés. Et Rocroy faisait de son mieux pour qu'elle ne se retrouvât pas, comme moi, définitivement à la rue.

Un matin, elle m'a proposé de visiter le haras. Cela m'a beaucoup surpris. Je croyais qu'il n'existait plus.

— Si... Il me reste encore un morceau du haras...

Nous sommes partis dans la voiture de Hurel, l'ancien lad. Il conduisait cette vieille Frégate noire avec précaution, comme s'il n'en avait plus l'habitude. Il ne portait pas ses escarpins de velours mais des bottes de cheval, impeccablement cirées. Nous avons pris l'autoroute de l'Ouest. Aux environs de Versailles, nous avons suivi une route bordée de platanes puis nous nous sommes arrêtés

141

devant un portail de bois blanc dont la peinture s'écaillait. Les deux battants étaient réunis l'un à l'autre par une chaîne, et sur l'un d'eux j'ai pu lire cette inscription en caractères noirs à moitié effacés : HARAS DE VARAVILLE. Au-dessus, une boîte aux lettres que la rouille semblait avoir gondolée.

— Il y a peut-être du courrier, m'a dit Carmen d'une voix sèche. Tu devrais voir... Ça peut t'intéresser...

Elle faisait un effort pour plaisanter et peut-être se demandait-elle, devant le portail, si cette visite ne serait pas une épreuve. Mais déjà Hurel avait ouvert la boîte aux lettres à l'aide de sa clé de contact.

— Pas de courrier, Madame.

Puis il dénoua la chaîne et, d'un coup de botte, poussa l'un des battants du portail. Une allée s'ouvrait devant nous, envahie par les ronces et la mauvaise herbe.

— Vous croyez que nous pouvons marcher là-dedans ? a demandé Carmen.

— Mais bien sûr, Madame.

Il nous frayait un passage à travers les taillis et les herbes hautes. Quelquefois le tracé de l'allée se perdait sous une végétation qui nous étouffait tous les trois. Nous progressions tant bien que mal au milieu de cette forêt vierge, et l'allée réapparaissait après une dizaine de mètres. Nous arrivions devant un grand bâtiment à colombages dont les deux ailes étaient occupées par des écuries. Un clocheton surmontait le corps central avec une horloge dont les aiguilles marquaient cinq heures et trente minutes pour l'éternité.

— Vous n'avez pas oublié les clés ?

— Non, Madame.

Hurel essayait d'ouvrir la porte de bois du corps central mais n'y parvenait pas. La clé restait bloquée dans la serrure.

— Impossible d'ouvrir, Madame. À cause de la rouille. Je peux essayer de forcer la porte, si vous voulez.

— Ce n'est pas la peine.

— Si, si, Madame.

Il a reculé et d'un élan brutal il a donné un grand coup d'épaule dans la porte qui a cédé.

— Vous voyez, Madame... La serrure doit être complètement foutue...

Nous sommes entrés, Carmen et moi. Une odeur de moisi m'a pris à la gorge au seuil de cette grande pièce dont les murs étaient lambrissés. Carmen a tiré le volet de l'une des fenêtres et la lumière a dévoilé une cheminée monumentale où pourrissaient quelques bûches. Au mur gauche, un cadre. Elle l'a décroché et a effacé, à l'aide de son mouchoir, la poussière jaune qui recouvrait le verre. La photo d'un jockey, au bas de laquelle était écrit : « À Lucien Blin, le patron. Affectueusement F. Hobson. » Ce Fred Hobson, je le savais par Rocroy, était le jockey qui avait vécu avec Carmen après la mort de Blin et dont on disait, dans un certain monde aujourd'hui bien décimé, que même du vivant de son mari, il « montait » la « ravissante Mme Lucien Blin ».

— Il faut que je rapporte cette photo chez moi, a dit Carmen d'un air las. C'était un ami...

Sur le rebord de la cheminée étaient empilés des prospectus à l'aspect de programmes de théâtre. L'épaisseur de leur papier glacé les avait préservés du temps bien que les couvertures de la plupart d'entre eux fussent semées de taches brunes et de petits trous, comme si des insectes les avaient rongées. J'ai choisi celui qui était le moins abîmé. Sur sa couverture, j'ai lu :

HARAS DE VARAVILLE

1947

LUCIEN BLIN

Carmen, elle, continuait d'effacer, avec son mouchoir, la poussière du cadre.

Sur la première page du prospectus, il était écrit : « à M. Lucien Blin. » Et au-dessus d'une liste de noms :

Poulains nés en 1947 — Foals

Pouliches nées en 1947 — Foals

Puis aux pages suivantes ·

à M. Lucien Blin

Poulains nés en 1946 — Yearlings

Pouliches nées en 1946. Yearlings.

Il y en avait une quarantaine en tout. J'ai gardé longtemps ce « programme » et, à mes moments de loisir, j'apprenais les noms des chevaux par cœur : Ortolan, Brumeux, Puits d'amour, Le Gosse, Prince rose, Scaramouche, Clodoche, Source sucrée, Vent du nord, Folle Nuit, Col des Aravis, Papoum, Arabian, Girl, Douceureuse, Fée persane, Istanbul, Mademoiselle de Saint-Ahon, Paris-Nord, Billy of Spain... J'aurais voulu que Hurel me donnât des détails sur chacun d'eux. Il les avait connus, lui. Mais je n'ai jamais osé rien lui demander.

Elle a dû faire un geste trop brusque et le verre du cadre s'est cassé. Elle a posé le cadre, à plat, par terre.

— Tant pis. Il vaut mieux que ça reste ici.

Elle s'était coupée à l'index, avec le verre, et saignait un peu.

Je lui ai dit que c'était dommage de laisser cette photographie pourrir ici. J'ai arraché un à un les éclats de verre et j'ai fait glisser doucement du cadre la photographie. Mais à peine lui avais-je tendu celle-ci, qu'elle l'a déchirée. Ce n'était pas très gentil pour Fred Hobson.

Nous sommes sortis et elle a refermé la porte derrière elle. Elle s'appuyait contre la balustrade de la véranda.

— Ça te plairait d'habiter ici ? Je demanderai à Rocroy si l'on peut faire des travaux...

Devant nous s'étendait le parc à l'abandon, aussi touffu qu'une forêt vierge. Il s'avancerait peu à peu vers la maison pour l'engloutir. Déjà l'herbe et la mousse envahissaient la véranda et les feuillages débordaient des portes à battants noirâtres des écuries comme si des arbres avaient poussé à l'intérieur. J'avais beau scruter ce fouillis de végétation, je ne distinguais plus le départ du chemin que nous avions suivi tout à l'heure.

— Je n'ai jamais voulu vendre cette partie du haras... À cause de Lucien et de Fred...

Ce Fred Hobson était-il mort, lui aussi ?

— Il faudrait faire des travaux... On ne peut pas laisser les choses comme ça...

Là-bas, Hurel tentait d'enlever la mauvaise herbe à l'aide d'une bêche, héroïque et obstiné comme un enfant qui se serait attaqué aux grandes dunes des Landes avec une pelle de plage.

— Ça doit lui faire de la peine de voir le haras comme ça...

Son regard était ailleurs. Sans doute revoyait-elle les allées bien entretenues, les pelouses, les barrières blanches, le va-et-vient des lads, Fred Hobson à l'entraînement, Hurel rentrant Billy of Spain à l'écurie, tout ce qui vous donnait une raison de vivre, tout ce qui existait encore du temps de Lucien.

Une corde pendait au seuil de la véranda. Je lui ai demandé quel était son usage. Elle servait à monter le « drapeau » au mât. Le drapeau ? Oui, celui, vert et blanc, aux couleurs des écuries. Chaque fois qu'un cheval du haras remportait une course, on hissait le drapeau au mât.

J'ai tiré sur la corde. Le crissement d'une poulie. Quand j'ai senti une résistance, j'ai attaché l'extrémité de la corde à la balustrade de la véranda. J'ai voulu vérifier si le drapeau était bien au sommet du mât.

Là-haut, la brise le gonflait doucement, malgré une petite déchirure du côté du vert. Le blanc avait pris une teinte jaunâtre. Mais quelle importance ? C'était la moindre des choses que d'avoir hissé une dernière fois ce drapeau en hommage aux jockeys, aux yearlings et aux lads disparus, et à la jeunesse de Carmen.

J'ai fait un faux départ dans la vie. J'allais écrire : mauvais départ. Mais non, c'est bien d'un faux départ qu'il s'agit. Je pourrais même nier que tout cela me soit arrivé. La plupart des témoins ont disparu — sauf Ghita dont les souvenirs sont flous, j'imagine. Qui prouverait le contraire, sinon un maniaque fouillant dans de vieux rapports de police à la recherche de mon nom ? Certaines femmes, pour se rajeunir, occultent cinq ans de leur existence. Alors trois mois... Et pourtant, je sais aujourd'hui que ce faux départ aura donné un ton particulier à ma vie et qu'il en est le fond sensible.

Avril, mai, juin. Il reste, dans les archives de la brigade mondaine, trace de mon passage, ce printemps-là, *Hôtel Triumph*, chambre 17. La 15 était celle d'Albert Valentin. Georges Maillot, lors de ses séjours à Paris, occupait la chambre 14, à la hauteur de la mienne, de l'autre côté du couloir. Rocroy m'avait confié qu'il venait à Paris pour des cures de désintoxication et qu'il se droguait depuis longtemps. Il avait cinq ans de plus que Carmen. Ghita, elle, avait trente-trois ans ; Carmen, trente-neuf, comme moi aujourd'hui. Les Hayward étaient de quelques années plus jeunes. Rocroy appartenait à la génération de Lucien Blin. Né en 1909. Blin en 1906. J'ai besoin de ces précisions, je me raccroche à ces dates, car cette saison a passé vite, ne me laissant que des images fugitives. Je n'ai pas eu le temps de leur poser toutes les questions, de les connaître chacun en profondeur, d'appesantir mon regard sur leurs visages.

Georges Maillot. Pourquoi cet homme qui évoquait à première vue la santé, la force physique et l'exubérance était-il à ce point rongé de l'intérieur ? Le vieux fond neurasthénique, selon l'expression de Rocroy au sujet de Carmen. Je me souviens du rire éclatant de Maillot, de ses yeux bleus, de son physique de « gladiateur », comme il aimait à dire pour se moquer de lui-même. Je me souviens aussi des hurlements qu'il poussait certaines nuits dans la chambre 14 de l'hôtel de la rue Troyon. Il ne pouvait s'empêcher de boire pendant ses cures de désintoxication, et le mélange de l'alcool et des calmants lui causait de terribles crampes d'estomac. Mais il ne perdait pas son humour. Le lendemain matin, il me disait : « Je vous ai encore empêché de dormir, mon vieux. La prochaine fois, il faudra me bâillonner. »

Un dimanche après-midi de mai, nous avions loué, Maillot et moi, deux bicyclettes. Nous nous étions aperçus que plusieurs rues du quartier étaient en pente et Maillot voulait les monter et les descendre à vélo, pour faire de l'exercice. La veille au soir, nous en avions dressé la liste :

avenue Carnot
rue Anatole-de-la-Forge
rue de l'Arc-de-Triomphe
avenue Mac-Mahon

« La montée sera dure m'avait dit Maillot. Mais après, vous verrez... Quel plaisir de descendre... »

Et il était parti d'un grand éclat de rire, ce rire que rien ne parviendrait jamais à éteindre, la seule chose, pensais-je, qui resterait intacte, chez lui, jusqu'à la fin.

Oui, c'était bien agréable de descendre en roue libre le long des rues désertes, sous un soleil de printemps. Le soir, nous avions dîné avec Rocroy, entre hommes, à la terrasse d'un restaurant du quartier. Ils avaient parlé de Carmen. Et du passé. Rocroy avait tout mis en œuvre pour que Carmen ne manquât pas d'argent, et il était parvenu depuis quelques mois à rétablir une situation « catastrophique ». Elle ne jouait plus, c'était déjà ça de gagné. Il l'avait convaincue de se « faire interdire » dans les casinos.

— Un bon point pour toi, Daniel, avait dit Maillot.

Depuis la mort de Blin, « tout » s'était peu à peu dégradé. Il avait suffi de dix ans... Et quand Rocroy disait « tout », j'avais l'impression qu'il ne s'agissait pas seulement de la situation financière de Carmen, mais de lui, de Maillot, de Paris, des choses en général. Tant que Blin était là, le monde gardait sa cohérence, et chacun d'eux avait un centre de gravité, un dénominateur commun — et pourquoi pas : une raison de vivre... Blin avait été comme l'aimant qui rassemble la limaille de fer.

— Et toi, ta cure ? avait demandé Rocroy à Maillot.

— Comme ci, comme ça... Depuis que je me suis marié avec Doris, j'ai quand même l'impression d'avoir pris un nouveau départ. Et puis j'ai toujours aimé vivre à Rome.

Il s'était tourné vers moi.

— Vous devriez venir à Rome... Voilà une ville qui vous plairait...

149

— Je me trompe sans doute, avait dit Rocroy, mais j'ai l'impression que Rome est une position de repli... Pense à tous ces types qui finissent leur vie à Rome...

Il avait cité le nom de quelques acteurs français qui s'étaient établis dans cette ville, depuis une dizaine d'années, comme Maillot.

— Je ne les vois pas, tu sais... Je ne fréquente que les amis de Doris... Et puis, tu as peut-être raison... mais ce que tu dis n'est pas valable pour lui, en tout cas...

Il me désignait du doigt.

— À son âge, qu'il soit à Rome ou à Paris, c'est la même chose... Ça n'a vraiment aucune importance... Avoir vingt ans à Rome ou à Paris...

Un gros jeune homme blond était venu nous rejoindre à la fin du dîner et il s'était assis à notre table pour prendre le café. Maillot nous l'avait présenté, mais je n'avais pas entendu son nom. Maintenant que j'y pense, c'était bien ce Tintin Carpentieri.

— Tu as ramené la voiture du garage ? lui avait demandé Maillot.

— Oui.

— C'était quoi ?

— Un problème de freins...

Ils s'étaient levés lui et Carpentieri.

— Il faut que j'aille chercher Doris à Orly...

Il m'avait donné une tape affectueuse sur l'épaule.

— On se retrouve demain matin à l'hôtel pour le petit déjeuner... Et si Doris me le permet, on peut encore faire du vélo, tous les deux...

Je les avais vus monter dans la voiture. Carpentieri s'était mis au volant et avait démarré en trombe. Nous étions restés un moment silencieux à notre table, Rocroy et moi.

— Au fond, m'avait dit Rocroy, vous devriez accepter son invitation et aller à Rome, un de ces jours... Georges est tellement gentil...

Selon lui, Georges et Carmen avaient eu une brève « aventure » ensemble quand Carmen avait vingt-cinq ans.

— Lucien a fermé les yeux... Il connaissait bien Carmen... Il savait lui lâcher la bride, à certains moments... C'était un homme de cheval...

Rocroy m'avait proposé de le raccompagner à pied chez lui, rue de Courcelles. Il fallait profiter de cette belle nuit de printemps. Tout au long du chemin, il m'avait parlé comme un père parle à son fils. Il se souciait beaucoup de mon avenir. C'est drôle, il avait connu Maillot au même âge que moi, en 1939, sur la côte d'Azur. Maillot lui non plus ne savait à quoi employer sa vie. À Cannes, il avait rencontré une femme qui était son aînée, une femme dans le genre de Carmen, une certaine Drida Bricard. Elle avait été émue par ce jeune homme. Et cette Drida Bricard était elle-même une amie de Rocroy et de Lucien Blin. Vous voyez, Jean, comme le monde est petit...

Les Carmen Blin et les Drida Bricard, ce n'est pas une solution. Rocroy avait conseillé à Maillot de monter à Paris et de s'inscrire dans un cours d'art dramatique. Mais moi ? Qu'est-ce que j'aimais ? Les livres. Eh bien, pourquoi ne pas essayer de me lancer dans la littérature ? Hein ?

On devait se donner un but dans la vie. Sinon... Je l'écoutais d'une oreille distraite. J'avais l'âge où les conseils sont inutiles et où ceux qui les donnent vous semblent prononcer des phrases bien vaines.

Un but dans la vie... Ce soir-là, l'air était tiède, les lumières de l'avenue des Champs-Elysées brillaient comme elles n'ont jamais brillé depuis, et plus bas dans les jardins, les fleurs des marronniers tombaient sur mes épaules.

Je suis rentré à pied, de l'appartement de Rocroy à mon hôtel, rue de Castiglione, car je voulais savoir si ma femme m'avait téléphoné. L'air était plus frais que d'habitude, la lumière à la fois plus douce et plus nette — sans brume de chaleur ; et plus poignant encore le sentiment de vide que j'éprouvais le long des avenues désertes et ensoleillées. Cette brise caressant les feuillages des platanes et leur bruissement dans le silence...

— Aucun appel téléphonique, monsieur,... m'a dit le concierge.

De nouveau, il me tendait une carte rouge, en me souriant.

— Si vous êtes seul à Paris...

— Vous m'avez donné plusieurs fois cette carte...

— Oh, je suis désolé, monsieur... Je n'ai aucune mémoire des visages... Dans mon métier, ce serait plutôt une qualité... une garantie de discrétion...

Sa voix était tendre, comme son sourire. Je regardais fixement la carte et le nom : Hayward.

— Il me semble que j'ai connu un Hayward, il y a long-temps...

— Voulez-vous que je téléphone de votre part, monsieur ?

— Vous êtes en cheville avec Hayward pour lui rabattre des clients ?

— Mais non, monsieur. Qu'allez-vous croire ?

Dans ma chambre, je me suis assis en bordure du lit. « Hayward. Sté location automobiles de luxe. Auto grande remise avec chauffeur. Itinéraires touristiques. Paris By Night/2 avenue Rodin (XVIe). TRO 46-26. »

C'était bien leur ancienne adresse. J'ai composé le numéro.

— Allô... Agence Hayward... m'a annoncé une voix d'homme.

Avait-il décroché le téléphone dans le salon ? Je me souvenais du large balcon de ce salon d'où l'on pouvait accéder, par un petit escalier en fer, à la terrasse, sur le toit.

— Je vous téléphone pour une location de voiture.

— Avec chauffeur ?

— Oui. Avec chauffeur.

Etait-ce lui qui me parlait ? Ou l'un de ses employés ?

— Et pour quand, monsieur ?

— Pour aujourd'hui, à neuf heures du soir.

— À quelle adresse ?

— *Hôtel Lotti.*

— Pour combien de temps ?

— Deux heures au maximum. Juste le temps de faire une promenade touristique à travers Paris.

— Très bien. Je demande monsieur...

— M. Guise. Ambrose Guise.

— Très bien. À ce soir, monsieur, au *Lotti*, à neuf heures.

Il a raccroché brutalement, sans me laisser le temps de lui demander si c'était bien à Philippe Hayward lui-même que j'avais l'honneur de parler.

— Le chauffeur vous attend à la réception, monsieur...

J'ai voulu mettre mes vieilles lunettes de soleil d'il y a vingt ans, en hommage à la Société de location d'automobiles Hayward, et j'ai choisi, en définitive, celles à verres miroir, que je portais d'ordinaire.

C'était lui. Le visage soufflé, les cheveux gris. Mais je l'avais reconnu à une certaine allure juvénile qu'il conservait encore. Costume d'alpaga bleu marine. Cravate bordeaux.

— Bonjour, monsieur, m'a-t-il dit avec la réserve et la lassitude d'un homme qui vit au-dessous de sa condition. Mais peut-être me trompais-je et Hayward avait-il toujours exercé ce métier de chauffeur, même à l'époque de Carmen. Je me souvenais de la vision fugitive que j'avais eue de lui en uniforme de steward. Il m'avait jeté un regard indifférent. Non, il ne semblait pas me reconnaître. Nous sommes sortis dans la nuit étouffante. Pas un souffle d'air. La voiture était garée au coin de la rue de Castiglione et de la rue Saint-Honoré. Une américaine de taille imposante. Noire.

— J'espère qu'elle vous convient, monsieur.

— Tout à fait.

Il m'a ouvert la portière et je me suis assis sur la banquette, du côté droit.

— Où désirez-vous que je vous conduise ?

— Oh... une simple promenade dans Paris... Tour Eiffel... Invalides... Champs-Elysées... Pigalle...

— Très bien, monsieur. Par où voulez-vous que je commence ?

— Tour Eiffel...

J'avais ôté mes lunettes.

Il m'observait dans le rétroviseur.

— Vous connaissez Paris ?

— Je n'y étais pas revenu depuis presque vingt ans. Paris a beaucoup changé en vingt ans ?

— Beaucoup.

À travers ce mot, perçait une pointe d'amertume. Si Paris avait beaucoup changé, Hayward, lui, sentait la même odeur qu'il y a vingt ans, odeur qui me parut surannée : celle de l'eau de toilette Acqua di Selva dont je revoyais les flacons vert sombre sur la tablette de la salle de bains de son appartement, avenue Rodin.

— La tour Eiffel n'a pas changé, elle... me dit-il en se tournant légèrement vers moi.

Nous suivions le cours la Reine et traversions le pont Alexandre-III. De ce pont s'offrait une vue panoramique de tout le quartier de la rive droite où je me promenais jadis avec Carmen. Et j'avais beau me dire que des centaines de touristes étaient assis au pied des fontaines des jardins du Trocadéro, et que de l'autre côté, des cars multicolores ne cessaient de sillonner la place de la Concorde, tout : le Grand Palais, les hauteurs de Passy, les quais de la Seine appartenaient à une ville morte. Du moins morte pour moi.

— Et voilà la tour Eiffel...

Je me suis penché par-dessus la vitre baissée pour la contempler, mais elle m'a paru aussi improbable, dans cette nuit torride, oui, aussi improbable qu'Hayward avec ses cheveux gris, devenu chauffeur de place.

— Alors, vous l'avez vue ? Le Sacré-Cœur maintenant ?

Il était bien familier vis-à-vis d'un client qui voulait visiter Paris en toute quiétude.

— Non... non... Les Invalides d'abord...

— Bien, monsieur.

M'avait-il reconnu ? Il a fait demi-tour pour suivre le quai dans l'autre sens. Il s'est épongé le front à l'aide d'un mouchoir. Les vitres de la voiture étaient baissées, mais cela ne servait à rien, tant il faisait chaud. Plus chaud qu'en plein jour.

Il s'est arrêté en bordure de l'esplanade. Là-bas, une lumière blanche de projecteurs éclairait le dôme des Invalides et donnait au bâtiment l'aspect d'un immense panneau en trompe l'œil. J'éprouvais ce même sentiment d'irréalité que devant la tour Eiffel et tentais de le combattre en retrouvant dans ma mémoire ce qu'évoquait pour moi cette esplanade : la fête foraine qui s'installait là, chaque année, du temps de mon enfance, et où ma mère m'emmenait, les manèges, les tirs à la carabine, la baleine Jonas...

— Vous voulez voir les Invalides de plus près ?

— Ce n'est pas la peine...

À gauche, devant la gare d'Air France, les cars d'Orly déversaient leurs touristes puis repartaient aussitôt en chercher une nouvelle cargaison. Et ces touristes, courbés sous des paquetages et de gigantesques sacs à dos aux armatures métalliques, montaient au pas de course dans d'autres cars qui affluaient, si nombreux, qu'on croyait assister à un transport de troupes.

— Et maintenant, monsieur ? Je vous emmène où ?

Je me suis penché vers lui, et mon menton touchait presque son épaule.

L'odeur d'Acqua di Selva augmentait mon vertige. Je lui ai dit, en articulant bien toutes les syllabes :

— Nous allons rentrer à l'hôtel. Mais avant, je voudrais que vous vous arrêtiez un instant, place de l'Alma, à un endroit que je vous indiquerai.

De nouveau, il a fait demi-tour ; il a suivi le quai et puis il a traversé le pont de l'Alma.

Beaucoup de monde à la terrasse de *Chez Francis*. Les tables débordaient sur la chaussée. Un car bleu ciel attendait, au flanc duquel était écrit en grosses lettres rouges : PARIS-VISION.

— Vous vous arrêterez à droite... juste au début de la rue Jean-Goujon...

— Là ?

— Oui.

Nous étions devant l'entrée de l'immeuble où habitait Carmen.

Il a coupé le contact et s'est retourné vers moi.

Ses yeux s'étaient agrandis et me fixaient dans une expression attentive qui le vieillissait brusquement. À moins que ce ne fût la demi-pénombre : elle lui creusait le visage.

— Je me demande si quelqu'un habite encore cet appartement...

Et je lui désignais les volets fermés des fenêtres de l'ap-

158

partement de Carmen, celles qui donnaient sur la rue Jean-Goujon.

— Vous pourriez peut-être me renseigner ?

Il me dévisageait d'un regard inquiet et mon vertige augmentait encore. J'avais envie de lui demander des nouvelles de sa femme. Et même d'évoquer certains détails que je connaissais à cause des soirées un peu particulières où tous les deux ils nous avaient entraînés, Carmen et moi. Martine Hayward avait-elle toujours à la hauteur de la taille, du côté gauche, un grain de beauté ?

— Nous avons dû nous rencontrer ici, il y a très longtemps... Chez une Mme Blin, n'est-ce pas ? m'a-t-il dit sur le ton de la conversation mondaine.

— Oui... Je crois...

— Elle est morte il y a cinq ans.

Morte. Je ne sais pas pourquoi, la grosse figure rose de Tintin Carpentieri m'est revenue en mémoire, de façon si nette qu'un instant j'ai cru que ce n'était pas Hayward accoudé à la banquette, devant moi, mais Carpentieri lui-même qui me parlait.

— Elle n'habitait plus Paris depuis longtemps. Il paraît qu'elle s'était retirée sur la côte d'Azur.

Cette nuit, Carpentieri allait peut-être suivre la voiture fantôme de Georges Maillot, comme il en avait l'habitude. La place de l'Alma faisait partie de l'itinéraire. Je pouvais demander à Hayward d'attendre le passage de la Lancia blanche de Maillot et de la voiture de Carpentieri. Et de les suivre à son tour. Avenue Montaigne. Rond-point des Champs-Elysées. Avenue Montaigne, de nouveau. Pont Alexandre-III...

159

— Je vous ramène à votre hôtel ? m'a demandé Hayward.

— Ça vaut mieux.

Oui, une grosse voiture, de la taille de celle-ci. Hayward conduisait, comme maintenant. Et cette nuit-là je
n'étais pas seul sur la banquette arrière mais entre Martine Hayward et la fille brune. Carmen se tenait à l'avant,
à côté d'Hayward. Et Ludo Fouquet, ce type châtain aux
yeux bleus et à l'imperméable léger, couleur mastic, avait
pris place à l'avant, lui aussi, du côté de la portière. Son
bras gauche entourait les épaules de Carmen. Avant de
démarrer, Hayward m'avait posé la question qu'il me
posait chaque fois que la soirée risquait de se prolonger
jusqu'à une heure tardive, cette même question qui était
revenue sur ses lèvres vingt ans après :

— Je vous ramène à votre hôtel ?

Mais il n'attendait pas de réponse. C'était une blague
de sa part, une sorte de rituel. Il savait bien que je n'aimais pas ces soirées interminables auxquelles j'essayais
d'arracher Carmen par tous les moyens.

— Non. Non. Il reste avec moi et tu ne le ramènes pas
à son hôtel, a dit Carmen à Hayward. Et j'ai compris, à
cette voix et à ce tutoiement, qu'elle avait bu plus que de
coutume.

Hayward a démarré. Nous longions l'esplanade des Invalides en direction du quai. Tout à l'heure, quand nous
étions arrêtés à peu près au même endroit, ce souvenir m'a
échappé, tant j'ai peine à croire que cela se passait dans la

160

même ville. Nous sortions d'un endroit, à la fois restaurant et boîte de nuit, rue Fabert, celle qui borde l'esplanade, à droite. Une grande salle, tapissée de velours rouge. Des cristaux, des glaces, un plafond de laque noire. Le tout un peu délabré. Orchestre cubain. Quelques couples sur la piste. Et l'animateur allait de table en table, ou se penchait vers le micro et répétait, en hochant la tête, sans beaucoup de conviction et à la manière d'un métronome :

« Tagada, Ta-ga-da. »

Ces trois syllabes — paraît-il — étaient pour lui comme un mot de passe qu'il lançait aux clients, son label et son titre de noblesse. D'ailleurs, TAGADA brillait en néon vert à la façade de l'établissement. Chaque fois, vers minuit, Hayward nous entraînait au bar du *Tagada* car on y faisait — selon son expression — des « rencontres » et l'on pouvait y obtenir « des numéros de téléphone ». Nous y avions « rencontré », cette nuit-là, le type en imperméable qui s'appelait Ludo Fouquet et la fille brune.

Il suffit que je regarde Hayward conduire, ses mains sur le volant, son cou et sa nuque raides et que je sente l'odeur d'Acqua di Selva, pour me rappeler tous les détails de cette nuit d'il y a vingt ans. Et l'impression de flottement ou de dérive que l'on éprouve à l'intérieur des voitures américaines, elle est la même aujourd'hui qu'hier. Fouquet avait dit :

— Vous ne voulez pas venir prendre un verre chez moi, rue de Ponthieu ?

Il pressait d'une manière trop insistante l'épaule de Carmen.

— Mais non, avait dit Hayward. On sera mieux chez moi...

161

— J'avais donné rendez-vous à Jean Terrail rue de Ponthieu. Qu'est-ce que je dois faire ?

— Dis-lui de nous rejoindre à la maison, avait dit Hayward.

Pourquoi le nom de ce Jean Terrail me revient-il brusquement à l'esprit ? Une silhouette un peu massive, un visage rond, l'un de ces comparses que nous retrouvions dans le sillage des Hayward, au cours de ces nuits blanches. Ludo Fouquet aussi. Mario P. Un certain Sierra Dalle. Andrée Karvé qui habitait 22, rue Washington, mariée jadis à un docteur qu'ils avaient tous connu et qu'ils appelaient « le beau toubib » ; Roger Favart et sa femme aux taches de rousseur et aux yeux gris...

Moi, j'avais la nausée, cette nuit-là, à cause de l'odeur d'Acqua di Selva, de la main de Fouquet sur l'épaule de Carmen et du léger tangage de la voiture américaine qui vous donnait la sensation qu'elle ne roulait pas sur la chaussée, mais qu'elle dérivait sur l'eau. On entendait à peine le bruit du moteur.

— Il faut que je rentre, a dit la fille brune qui se tenait à ma gauche.

— Non... Tu restes avec nous, a dit Ludo Fouquet.

— Je travaille, moi... Je me lève tôt...

— Tu n'auras pas besoin de te lever... Tu ne dormiras pas cette nuit... À ton âge, ce n'est pas grave...

À ton âge... Oui, ils étaient tous plus âgés que nous. Et ces mots : « je me lève tôt », résonnaient d'une drôle de façon dans cette voiture américaine flottante. J'imaginais mal les Hayward, Fouquet et tous les autres, à la clarté du jour. Ils se dissipaient, certainement, dès les premières lueurs de l'aube. Que pouvait bien faire Ludo Fouquet pendant la journée ? Et Jean Terrail ? Et Mario P. ? Et Favart ? Et sa femme aux yeux gris ? Je ne les apercevais que la nuit, comme si, déjà, à cette époque, ils n'étaient plus que des fantômes.

La fille s'est penchée vers Hayward en s'appuyant de la main sur mon genoux. Elle sentait la lavande.

— Vous me déposez à la gare de la Bastille. Je peux encore avoir le dernier train.

— Ne l'écoute pas, Philippe, a dit Fouquet. Elle reste avec nous...

— Oui... oui... Elle reste avec nous, a répété Carmen machinalement.

Puis elle s'est retournée vers moi.

— Tu devrais la convaincre de rester... Elle est jolie, non ? Elle te plaît ?

La fille m'a regardé en haussant les épaules.

— Vous pouvez descendre au prochain feu rouge... lui ai-je dit à voix basse.

— Non... Non... Je ne peux pas... C'est une véritable brute, ce type-là...

Et elle me désignait Ludo Fouquet.

— Si je sors de la voiture, il est capable de me battre...

— Qu'est-ce que tu lui racontes ? a demandé Fouquet.

— Rien.

— Des bêtises... Tu lui racontes des bêtises...

C'était terrible pour moi de voir les doigts de Fouquet pianoter doucement sur l'épaule de Carmen, et monter vers son cou. Martine Hayward avait allumé une cigarette et rapprochait son visage du mien. Elle me disait à l'oreille :

— Vous allez rester avec nous ?

Elle pressait sa jambe contre la mienne. Elle aussi avait bu, comme Carmen. Comme Ludo Fouquet. Seul Hayward restait sobre pendant ces nuits interminables. Il n'était pas tout à fait un fantôme, et l'on pouvait supposer qu'il vivait de jour, lui. Mais pour combien de temps encore ?

À travers les vitres, une lumière blanche qui tombait des petites lampes de la terrasse laissait une flaque d'ombre au fond du salon. Et Carmen se tenait dans cette flaque d'ombre, allongée sur l'un des divans. Ludo Fouquet, assis par terre, avait coincé le combiné du téléphone entre sa joue et son épaule.

— C'est drôle... Je n'arrive pas à joindre Jean Terrail...

— Laisse Jean Terrail tranquille, a dit Hayward.

— Mais non... Il peut nous amener des gens intéressants...

— Vous voulez de la musique ? a demandé Martine Hayward.

Elle s'était déshabillée et portait un peignoir d'éponge orange.

— Oui... de la musique, a dit Fouquet. Quelque chose d'excitant... Une voix de femme... Une négresse...

Hayward versait une boisson aux reflets ambrés dans des verres qu'il apportait à Carmen, puis à Ludo Fouquet, puis à Martine. J'osais à peine penser à la quantité d'alcool qu'ils avaient bue tous les trois depuis le début de la soirée.

— Maintenant, je dois partir, a dit la fille.

Elle était debout devant Ludo Fouquet, accroupi, au téléphone. Il a vidé son verre d'un trait.

— Eh bien, fous le camp...

— Merci.

Peut-être allait-il se lever et la gifler. Non. Il composait un nouveau numéro de téléphone.

— Je vais te trouver une remplaçante. Ça ne sera pas très difficile... Des filles comme toi, ça court les rues...

Mais elle ne l'écoutait pas. Elle lui avait tourné le dos et se dirigeait vers le vestibule.

Là-bas, dans la flaque d'ombre, Philippe Hayward était assis, le dos appuyé au canapé où reposait Carmen, et elle lui passait une main distraite sur les cheveux.

— Je vais rentrer moi aussi, ai-je dit. Je suis fatigué...

Elle me regardait avec des yeux agrandis et traversés par une expression de déroute mais je ne pouvais rien pour elle à ces moments-là. Rien du tout. Elle se laissait glisser dans la flaque d'ombre. Elle n'aurait pas voulu me suivre.

— Alors, attends-moi à la maison, a-t-elle bredouillé. Attends-moi... hein... attends-moi...

Et j'ai dû moi-même fouiller dans son sac à main qui avait glissé à terre, avec la moitié de son contenu, pour trouver la clé de l'appartement.

Quand je suis arrivé au bas de l'escalier, la lumière s'est éteinte. J'ai marché à tâtons jusqu'à la porte. Tout de suite, j'ai senti la présence de quelqu'un. Ma main suivait le mur à la recherche du bouton de la minuterie. J'ai fini par le trouver. Elle était devant la porte. Elle s'est retournée vers moi.

— Je ne voyais rien... Je n'arrivais pas à ouvrir...

Nous sommes sortis, tous les deux, et dans la cour de l'immeuble, je n'ai pu m'empêcher de lever la tête vers l'appartement d'Hayward que les projecteurs de la terrasse éclairaient aussi fort qu'un plateau de cinéma.

— Drôles de gens, lui ai-je dit.

— Oui. Surtout Ludo...

— Vous le connaissez depuis longtemps ?

— Oh... depuis un mois...

Nous suivions la rue de la Tour. Elle était brune avec des cheveux mi-longs, jusqu'aux épaules, des yeux clairs un peu bridés, le teint pâle. Elle portait un imperméable trop grand, qu'elle tenait serré contre sa poitrine.

— C'est l'imperméable de Ludo... Je lui ai fauché en partant. Je n'ai pas envie de me faire mouiller...

En effet, je reconnaissais la couleur mastic. Elle contrastait avec ses cheveux noirs.

— Et vous, vous les fréquentez depuis longtemps ?

— Oh moi, je suis ami avec la femme...

— La blonde ?

— Oui.

Une averse était tombée pendant que nous nous trouvions dans l'appartement, car le trottoir luisait et nous évitions quelquefois des flaques d'eau.

— Vous travaillez ? lui ai-je demandé.

— Oui... dans une parfumerie, rue de Ponthieu. C'est là que Ludo m'a repérée... Il fréquente un hôtel dans la même rue, avec ses amis... Le *Paris-Mondain*.

166

Les Hayward nous y avait emmenés une nuit. On y faisait des « rencontres ». L'entrée, le hall et le bar baignaient dans une lumière verte qui rendait encore plus spectrales les têtes de tous ces gens. Andrée Karvé, Vette Favart, Sierra Dalle. Et Mario P., le « contre-ut », qui se flattait d'avoir été l'ami de l'acteur Roland Toutain et dont la plaisanterie favorite consistait, quand il se trouvait au bar, à exhiber, dans une soucoupe, son sexe dressé, en disant « qu'il était raide comme ça, vingt-quatre heures sur vingt-quatre... »

— Mais pourquoi vous continuez à voir ce type ? lui ai-je dit.

— Je ne pouvais pas faire autrement... Il m'a dépannée de mille francs.

Elle a levé son visage vers moi.

— Vous faites des études ?

— Non.

Elle avait l'air très jeune dans l'imperméable de Ludo. Aussi jeune qu'une petite fille qui s'amuse à mettre des chaussures à talons hauts et marche en trébuchant.

— Vous avez quel âge ? lui ai-je demandé.

— Vingt ans.

Moi aussi. Et nous étions nés à un jour d'intervalle. Ça n'arrive pas souvent, ces choses-là.

Nous avons suivi l'avenue Henri-Martin, puis l'avenue Georges-Mandel jusqu'au Trocadéro. Les arbres du terreplein et les feuillages derrière les grilles noires des immeubles etaient trempes de pluie. Au coin d'une rue, une

167

odeur de chèvrefeuille s'échappait du jardin d'un hôtel particulier en démolition. Elle a tiré la manche de l'imperméable de Ludo pour consulter sa montre.

— Je peux encore avoir le dernier train.

— Vous habitez où ?

— Saint-Maur. Vous connaissez ?

— Non.

À l'est de Paris, je n'avais jamais été plus loin que le bois de Vincennes.

— Prenez un taxi. J'ai de l'argent...

J'ai raclé le fond de mes poches. Trente francs, cela suffisait peut-être pour aller en taxi jusqu'à Saint-Maur.

— C'est gentil. Je vous rembourserai demain. Vous devriez venir me voir... J'ai congé demain après-midi...

Pas de taxi à la station du Trocadéro. Nous avons marché jusqu'à la place de l'Alma. C'était étrange pour moi de me promener dans ce quartier en compagnie de quelqu'un d'autre que Carmen. Au début de l'avenue Montaigne, un G7 rouge et noir attendait.

— Vous habitez loin ? m'a-t-elle demandé.

— Non. J'habite ici. Au rez-de-chaussée.

Et je lui ai désigné l'appartement de Carmen, de l'autre côté de la place.

— Là où il y a un jardin ?

— Oui.

Elle a paru surprise. Puis elle est montée dans le taxi.

— Venez demain me voir à Saint-Maur... Il faut que je vous donne mon adresse.

Elle a demandé au chauffeur de taxi un bout de papier et un stylo. Elle écrivait avec une mine studieuse, en appuyant le papier sur son genou.

— À demain. Et merci. Venez me chercher à deux heures et demie. Attendez-moi dans la rue...

Elle m'a lancé un sourire, elle a claqué la portière et agité, à mon intention, à travers la vitre baissée, la manche de l'imperméable de Ludo, trop grande pour elle.

Dans quelle rue de Saint-Maur devais-je l'attendre, demain, à deux heures et demie de l'après-midi ? J'ai consulté le papier. 30 bis, avenue du Nord.

Les tilleuls, le long de l'avenue du Nord, forment une voûte de feuillage aussi lourde que ceux de la Lichtentaler Allee, à Baden. Pavillons en meulière. Murs d'enceinte où le soleil découpe des ombres. Et sur l'un d'eux l'affiche déchirée d'un cinéma de La Varenne.

J'attends en bordure du trottoir, à la hauteur du 30 bis Un mur derrière lequel on devine un jardin et qui cache à moitié une petite maison brune avec une véranda au premier étage. La porte en bois, creusée dans le mur, s'est ouverte et elle se glisse dans l'entrebâillement, puis referme doucement la porte. Elle marche vers moi. Elle n'est plus vêtue de l'imperméable de Ludo mais d'une robe bleu foncé très légère.

— Tu n'as pas eu trop de mal à trouver ?

— Non.

— Tu es venu comment ?

— En train.

Il faisait beau. À cette heure-là, j'étais le seul passager du wagon. J'allais la rejoindre dans un lieu de villégiature. Reuilly. Saint-Mandé. Vincennes. Biarritz. Joinville-le-Pont. Saint-Maur-des-Fossés. Baden-Baden.

170

— Tu veux qu'on aille à La Varenne ?

L'avenue du Nord s'incurve puis descend en pente douce jusqu'à la Marne. Est-ce qu'on peut encore se laisser glisser sur cette pente aujourd'hui ? Peu importe. Je ne me sens pas le courage de revenir là-bas en pèlerinage. D'ailleurs je suis sûr que rien n'existe plus, ni l'avenue du Nord, ni les tilleuls, ni le garage au coin du quai, qui s'appelait Garage des Îles.

Nous avons suivi le quai. Au bout de quelques centaines de mètres, après le pont de Champigny, les immeubles gris laissaient place à des pavillons et des villas de plus en plus cossus.

— Voilà. Nous sommes arrivés à La Varenne, m'a-t-elle annoncé d'une voix grave, comme s'il s'agissait d'un événement important dans nos vies.

Et quand j'y repense maintenant, je me dis qu'il s'agissait d'un événement important. J'ai beau fouiller dans ma mémoire, jamais mon arrivée dans aucune ville ne m'a causé une aussi forte impression que celle que j'ai éprouvée en pénétrant à La Varenne-Saint-Hilaire, cet après-midi-là, avec elle.

— Tu habites ici depuis longtemps ?

— Oui... J'y suis née.

Nous avons traversé le pont de Chennevières et marché le long de la route étroite qui borde la Marne. Les saules pleureurs se penchent sur l'eau verdâtre et stagnante. Barques. Pontons à moitié pourris. Treillages. Odeur de vase, sous le soleil. Le retour, à la fin de l'après-midi. Nous remontons le quai de La Varenne, Elle veut me faire partager les charmes de sa ville natale. Villas. Barrières blanches. Je ne me trompais pas tout à l'heure, à la

171

gare de la Bastille, quand je croyais partir quelque part en vacances.

— Vous passez vos vacances ici ? lui ai-je demandé.

— Oui... pas besoin d'aller ailleurs... Là, c'est la plage.

Des bateaux de plaisance sont amarrés au débarcadère. Le long de la Marne se succèdent les pontons de bois blanc. Là-bas, dans la petite île, parmi les saules, je remarque un portique, avec des balançoires, des cordes et des anneaux.

— Vous avez raison... Ce n'est pas la peine d'aller ailleurs...

Sur une bouée, accrochée à l'un des pontons, court cette inscription en lettres bleu marine : « Plage fluviale de La Varenne. » Elle me regarde droit dans les yeux :

— Vous ne voulez pas qu'on prenne une chambre ?

Un hôtel en retrait du quai, à l'intersection de deux rues, avec une terrasse de graviers et des tables de jardin aux parasols à franges. Il s'appelait *Le Petit Ritz*.

J'ai entendu un bruit dans mon sommeil. Et aujourd'hui je me demande encore si c'était bien la sonnerie du téléphone. Ou un coup de feu. Ou peut-être les deux à la fois. Je ne parvenais pas à ouvrir les yeux. Mes paupières pesaient trop lourd.

J'ai senti qu'on me secouait les épaules. Alors, je me suis réveillé. Le visage de jockey d'Hurel se penchait vers moi. Je m'étais assoupi sur le divan du salon.

— On vous demande au téléphone...

J'ai consulté ma montre. À peine minuit. Carmen ne

rentrerait qu'au lever du jour. Elle était partie avec les Hayward dans une maison des environs de Paris, chez un certain Chatillon, un membre de leur bande, et je lui avais dit que j'étais trop fatigué pour l'accompagner.

— On vous attend au téléphone, a répété Hurel.

Il m'a précédé et je ne pouvais détacher mon regard de ses chaussons de velours, si feutrés, si légers, que je croyais rêver. Nous avons traversé le salon, puis deux ou trois autres pièces qui servaient de débarras et dont les lustres m'ont ébloui. Carmen voulait que toutes les lumières de l'appartement soient allumées à son retour.

J'ai pris le téléphone, dans l'office. J'ai reconnu sa voix dont le timbre était altéré. Une voix blanche. Où était-elle ? À Saint-Maur-des-Fossés ? Non. À Paris. Rue Rodin, chez les Hayward. Quelque chose de grave était arrivé. Elle a éclaté en sanglots. Elle m'a dit de venir la rejoindre tout de suite.

Hurel se tenait raide, devant moi, et m'observait d'un œil froid. J'avais oublié ma veste dans le salon. De nouveau, j'ai traversé l'enfilade des pièces avec le pressentiment que plus jamais je ne reviendrais ici et que tout cela appartenait déjà au passé. Et mon angoisse me révélait bien des choses que je n'avais pas voulu voir. Les boiseries des murs se lézardaient, des taches plus claires indiquaient les places où étaient accrochés les tableaux que Carmen avait vendus les uns après les autres. Sous la lumière des lustres, la moquette était usée jusqu'à la trame. Et Carmen allait vieillir seule au milieu de ce gigantesque débarras de meubles et d'animaux empaillés, avec cet ancien lad aux chaussons de velours qui demeurait immobile sous le porche à

173

m'épier, tandis que je courais dans la nuit vers la station de métro.

Elle m'a ouvert la porte de l'appartement. Elle était vêtue de la même robe bleue qu'à La Varenne et, par contraste avec ce bleu et le noir de ses cheveux, son teint m'a paru livide. Elle m'a pris le bras et m'a guidé jusqu'au salon qui n'était éclairé que par la lumière des deux vitrines où Martine Hayward exposait sa collection d'éventails.

— Ludo... C'est Ludo... Regarde...

Il était allongé derrière le canapé, au pied d'une des vitrines, dans son imperméable mastic. Le col relevé cachait à moitié son visage. À sa tempe, une tache de sang. Et du sang aussi, sur le col de l'imperméable. Un imperméable ni trop grand ni trop court Juste à sa taille.

— C'est moi... C'est... C'est parti tout seul...

Elle me serrait le bras et me fixait de ses yeux clairs, embués de larmes. Elle gardait la bouche entrouverte.

Je me suis assis sur le canapé et elle est venue s'y asseoir elle aussi. Par terre, devant nous, un petit revolver à crosse de nacre. Un revolver de dame. Plus loin, sa gaine de daim grenat. Je me sentais calme, comme je ne l'avais jamais été depuis longtemps. C'était curieux, mais je ne parvenais pas à croire tout à fait à ce mort. Ludo Fouquet... Toutes ces lucioles et tous ces vers luisants avaient si peu de réalité, que leur mort elle-même... J'ai ramassé le revolver et l'ai fourré dans sa gaine qui se fermait par un bouton-pression. Et de cette gaine de daim s'échappait le parfum un peu lourd de Martine Hayward. Ce revolver lui appartenait-elle ?

L'une des vitrines, celle du fond, était brisée et des éclats de verre constellaient la moquette.

— On s'est battus... Si je n'avais pas tiré, c'est lui qui m'aurait tiré dessus, tu comprends...

Mais oui, je comprenais. Elle se tenait à côté de moi, tremblante, la tête baissée. Je comprenais que tout devait finir comme ça.

— Tu restes avec moi ? Tu ne me laisses pas tomber, dis ?

J'étais soulagé. Carmen, Maillot, Rocroy, Ludo Fouquet, tous les autres... Ça ne pouvait plus durer comme ça.

Et ce malheureux qui tentait de maîtriser le mouvement de plus en plus rapide d'un rêve en répétant avec une obstination de métronome : TA-GA-DA... TAGADA... TAGADA... Voilà que le manège s'arrêtait après un coup de feu et dans un bruit de verre brisé, et qu'il fallait se réveiller maintenant.

La minuterie s'est éteinte. Elle me serrait le bras et nous avons descendu l'escalier dans l'obscurité. Nous aurions pu prendre l'ascenseur, mais je craignais qu'on nous attende sur le palier du rez-de-chaussée et que nous n'ayons plus aucun moyen de fuir.

En bas, je n'ai même pas appuyé sur le bouton de la minuterie, j'ai cherché à tâtons celui de la porte cochère.

J'ai pressé du pouce sur celui-ci à plusieurs reprises mais le mécanisme ne se déclenchait pas. Elle a essayé de tirer la porte vers elle. Impossible de l'ouvrir. J'ai actionné le bouton de la minuterie et une lumière blanche est tombée sur nous. Je me suis penché vers la serrure de la porte pour trouver la tige du loquet. Alors, j'ai entendu un bruit derrière moi. La porte vitrée de la loge du concierge s'est ouverte. Il est apparu dans l'embrasure. Un homme brun de taille moyenne, vêtu d'un pantalon de flanelle et d'une veste de pyjama rayé.

— Qu'est-ce que vous faites :

Il avait posé cette question de manière brutale. Il croyait sans doute avoir surpris deux voleurs. Une pensée m'a traversé l'esprit. Nous n'étions pas des voleurs, comme notre attitude pouvait le laisser supposer. C'était beaucoup plus grave que cela.

— La porte ne marche pas, ai-je balbutié.

— Je sais.

Il s'est avancé vers nous. Il nous dévisageait l'un après l'autre.

— Vous venez d'où ?

— De chez M. Hayward, ai-je dit.

— Je croyais qu'il était absent depuis hier...

Elle était livide. Elle me serrait le bras. J'avais l'impression qu'elle allait tourner de l'œil.

— Il nous avait invités dans son appartement...

— Invités ?

— Oui.

Il nous fixait toujours de ses petits yeux noirs.

— Alors, puisque vous êtes les invités de M. Hayward...

176

Il avait prononcé cette phrase d'un ton de mépris ironique. Il ne devait pas beaucoup aimer les Hayward. Trop d'allées et venues dans leur appartement, je suppose.

Il s'est dirigé vers la porte cochère. Un instant, j'ai cru qu'il allait se planter devant et nous empêcher de sortir. Mais non. Sans nous quitter du regard, il a tiré le loquet.

Il a entrebâillé la porte et nous n'avions qu'un étroit passage pour sortir. Avant que nous nous glissions l'un après l'autre dans l'entrebâillement, il nous a dévisagés une dernière fois. Il y mettait une telle insistance que j'ai pensé qu'il voulait graver dans sa mémoire, avec le plus de précision possible, les traits de nos visages. Oui, j'en étais sûr, il avait entendu les coups de feu.

Elle s'accrochait à mon bras et de temps en temps elle avait des tremblements nerveux. Nous avons fait le tour de la place du Trocadéro. L'un des cafés était encore ouvert et nous nous sommes assis à l'une des tables de la terrasse. Là-bas, des gens, en groupes, sortaient du théâtre de Chaillot et marchaient vers nous. Ils s'asseyaient eux aussi aux tables voisines, dans un brouhaha de conversation. Des cars de tourisme étincelaient à la lisière de l'esplanade.

J'ai commandé deux kirs. Puis deux autres. Et encore deux autres. Elle était un peu moins pâle que tout à l'heure et elle ne tremblait plus. J'essayais de me rassurer. Nous avions encore quelques moments de répit. Personne ne pourrait nous trouver, à la terrasse de ce café, un samedi soir de juin, parmi les touristes et les gens qui revenaient du théâtre. Mais où passer la nuit ? En quittant le café, j'ai repéré la plaque noire d'un hôtel, à gauche, au début de l'avenue Raymond-Poincaré. Sur cette plaque noire brillait HÔTEL MALAKOFF en caractères dorés.

À la réception, le concierge de nuit ne nous a pas demandé nos cartes d'identité, mais il m'a tendu une fiche. Je ne voulais pas avoir l'air d'hésiter devant lui. Alors, j'ai écrit mon véritable nom : Jean Dekker, et ma vraie date de naissance : 25 juillet 1945. Et même l'endroit exact où j'étais né : Boulogne-Billancourt. À la mention : adresse, je me suis senti pris de court et j'ai écrit : 2, avenue Rodin. Paris XVIᵉ. Mais je me demande aujourd'hui si je ne l'ai pas fait exprès.

À l'aube, elle a fini par s'endormir. Elle avait voulu que je laisse allumée la lampe de chevet. Sa joue gauche était appuyée sur l'oreiller, son bras gauche replié, et de la main elle serrait son épaule, dans un geste de protection. Je l'ai regardée longtemps, pour ne pas oublier son visage. Une jeune fille d'une vingtaine d'années. Taille moyenne. Brune. Odeur de lavande. Jusqu'à présent, elle n'a pas pu être identifiée.

J'ai éteint la lampe. Mes chaussures à la main, je me suis glissé sur la pointe des pieds hors de la chambre. J'ai refermé la porte doucement derrière moi, et dans le couloir, j'ai lacé mes chaussures.

J'ai débouché sur la place du Trocadéro, au lever du soleil. L'été commençait. Un instant, j'ai eu la tentation de traverser l'esplanade du palais de Chaillot et de contempler une dernière fois la tour Eiffel, les feuillages, les toits, la Seine, les ponts, tout en bas.

Mais non. Il n'y avait plus de place ici, désormais, pour ce Jean Dekker dont on allait retrouver les fiches d'hôtel à la Mondaine. Il fallait que je laisse ce frère jumeau derrière moi et que je quitte le plus vite possible Paris où j'avais passé mon enfance, mon adolescence et les premières années de ma jeunesse. À certains moments de la vie — me disais-je pour me consoler — on doit partir et changer de peau...

Le téléphone a sonné dans le bureau de Rocroy au moment où je finissais d'écrire ces lignes.

— Allô, Jean... C'est Ghita... Comment allez-vous ?

— Mais... très bien, Ghita.

— Vous avez une drôle de voix... Je ne vous ai pas réveillé ?

— Non, non, Ghita... Pas du tout...

— Je reviens à Paris après-demain. J'espère avoir le plaisir de vous voir. Tout se passe bien dans l'appartement ?

— Oui. Je voulais encore vous remercier de votre hospitalité.

— Vous plaisantez, Jean.

— Je repars à la fin de la semaine retrouver ma famille à Klosters.

— C'est dommage. Vous auriez pu rester plus longtemps à Paris... De toute façon, nous nous voyons après-demain...

— Avec plaisir, Ghita.

J'ai respiré un grand coup.

— Dites, Ghita...

— Oui ?

— Vous allez encore me reprocher de remuer le passé mais... Comment pourrais-je faire pour retrouver la trace...

— La trace de quoi ?

— Rien, Ghita. Vous savez... Toutes ces choses d'il y a vingt ans me remontent à la gorge...

— C'est malsain, Jean...

Il y a eu un moment de silence.

— Vous n'avez rien trouvé d'intéressant dans les dossiers de De Rocroy ?

— Si, si, Ghita...

— Écoutez, mon petit Jean. Vous savez ce que me répétait toujours de Rocroy ?

— Non.

— Il me disait qu'on trouve tout ce qu'on cherche dans les annuaires. À condition de savoir les consulter.

J'ai retrouvé son nom, entre les pages de mon vieux cahier, sur le bout de papier où elle l'avait écrit avec son adresse à Saint-Maur. Et le même nom figure dans l'annuaire de cette année : 76, boulevard Sérurier, XIXᵉ arrondissement, 208-76-68. Il n'y a qu'un seul nom comme le sien. Décidément Rocroy avait raison. Il connaissait bien la vie.

Neuf heures du matin. L'air n'est pas encore trop étouffant bien que le soleil brille dans un ciel sans nuages. Pas de brume de chaleur. Le rouge brique du grand immeuble du 76 boulevard Sérurier se détache sur le vert du parc, dont les pelouses dévalent jusqu'au périphérique.

Un café est ouvert, beaucoup plus loin sur le boulevard Sérurier, et je compose pour la cinquième fois au cadran du téléphone 208-76-68. Mais personne ne répond. Je sors du café. Le boulevard est désert. Là-bas, vers la banlieue, un bâtiment ocre — une église sans doute — se dresse au milieu d'un terrain vague. Je m'assieds sur un banc, là où vient mourir la pente du boulevard Sérurier. Je pense à Maillot qui me disait : « La montée sera dure, mais après, vous verrez... Quel plaisir de descendre. » Avenue Carnot. Rue Anatole-de-la-Forge. Rue de l'Arc-de-Triomphe. Avenue Mac-Mahon. Boulevard Sérurier. L'avenue du Nord, elle aussi, glissait en pente douce. Jusqu'à la Marne.

Et maintenant, je vois une silhouette qui descend la pente du boulevard Sérurier, une valise à la main, une valise de fer-blanc, dont les reflets me font cligner les yeux. Mirage ? Elle se rapproche, peu à peu. C'est elle. Je reconnais la démarche indolente. Elle est vêtue d'un imperméable mais ce n'est plus l'imperméable de Ludo. Beaucoup plus foncé, celui-ci. Vert émeraude.

Elle est presque arrivée à ma hauteur et je me lève. Nous sommes seuls, tous les deux, sur ce boulevard perdu, écrasé de soleil et de silence. Je lui propose de porter sa valise.

— Merci.

— Vous revenez de vacances ?

— Oui. Ce n'est pas pratique. La station de métro est trop loin de chez moi.

Nous marchons côte à côte vers l'immeuble de brique du 76 boulevard Sérurier. Nous ne parlons pas. Il commence à faire très chaud, et pourtant elle garde son imperméable. Elle n'a pas beaucoup changé en vingt ans. Les mêmes cheveux noirs, mais coiffés un peu plus court. Les yeux bleus. Taille moyenne. Le teint pâle...

— Vous revenez d'où ?

— Du Midi.

— Vous n'êtes pas très bronzée pour quelqu'un qui revient du Midi.

Elle revient de plus loin encore. Carmen. Rocroy. La Varenne-Saint-Hilaire. Paris. Toutes ces rues en pente... Sa valise ne pèse pas lourd. Je la regarde à la dérobée. Une grande cicatrice lui barre le front. La marque du temps, peut-être. Ou bien la trace que vous laisse l'un de ces accidents qui vous ont fait perdre la mémoire pour la vie. Moi aussi, à partir d'aujourd'hui, je veux ne plus me souvenir de rien.

Composition SEP 2000 à Paris.
Impression S.E.P.C.
à Saint-Amand (Cher), le 17 janvier 1985.
Dépôt légal : janvier 1985.
1ᵉʳ dépôt légal : décembre 1984.
Numéro d'imprimeur : 109.

ISBN 2-07-070291-X / Imprimé en France.